AF397849

FSC
www.fsc.org
MIX
Papper från
ansvarsfulla källor
Paper from
responsible sources
FSC® C105338

P-M Johansson-Sutare

FLER NOVELLER FRÅN SMÅLAND

OCH ANDRA LAND

- Novellsamling

doktie@yahoo.com

Förlag: BoD - Books on Demand, Stockholm, Sverige

Tryck: BoD - Books on Demand, Norderstedt, Tyskland

ISBN: 978-91-7569-170-1

Utgivet av Johansson-Sutare:

Öststatsteknik för Svenskar – Fakta om Svensk hyresreglering. 2006 (Magnus Sutare)
Öststatsteknik för Svenskar – Romanversionen. 2006 (Magnus Sutare)
Kamprad och Räven - 2013
Mitt mödosamma liv - 2013
Historier från Småland - 2013
Svensk bostadsbrist för dummies - 2014
Huset Langdon – 2015
Historier från Västergötland och Småland – 2016

När döden ropar ditt namn

Han var en Helmer Bryd-kopia. Kal uppe på hjässan, liten och satt, på gränsen till trind, med karaktäristisk trenchcoat och hatt. Timid och anspråkslös skred han i sakta mak fram längs stadens gator och levde sitt liv under enkla kår, utan tillstymmelse till lyx och extravaganser. Unnade sig knappt en gång normalt halvmoderna bekvämligheter. Snålheten lär bedra visheten, i alla fall i de flesta ändar av landet, möjligen med undantag för Småland och Västergötland där seden påkräver det motsatta. För de flesta som levde ut sin spartanska läggning och samlade på hög, fanns det egentligen ingen reell valmöjlighet. De var skapta på det sättet och såg ingen annan väg att bli tillfreds med tillvaron. Slöseri var en dödssynd och något som de upplevde lika plågsamt som att få spetsiga jordbruksredskap instuckna i känsliga kroppsdelar.

Vår Helmer, som till vardags lystrade till det inte helt alldagliga namnet Junselius, kunde likaväl inte räknas som urtypen för en av naturen gniden, gammal syndare. Det hade bara blivit så. Av nöd tvungen, kan tänkas. I yngre dar var han om än inte lebeman och vivör, så i varje fall flickornas Kurt. En relativt glad gamäng som lättade på plånboken i normalt omfång, kanske till och med aningen i överkant när andan föll på och tösen var vacker att se på. Att gifta sig blev det dock ingenting av med. Det var i sig själv en sorglig historia som knappast lämnar ett enda flicköga torrt. Förlovning och lysning gick som sig bör och de blivande svärföräldrarna slog på stort. Tingade stadskatedralen, hyrde herrgård, orkester och hela baletten, men när de månghövdade gästerna väl gjorde sig klara för avfärd mot kyrkan nåddes de allesamman av expresstelegram och brydda telefonsamtal. Mågen, den karlsloken, hade fått kalla fötter. Den försmådda bruden var förstås otröstlig och ett besvärande dimmoln av gåtfullhet tycktes nu omsluta hela historien. Vad tog det åt mågen Junselius? Hade han sjuknat in eller bara visat sitt sanna jags ohämmade arrogans, både mot värdparet och sin, som alla trodde, själs älskade?

Nog kan man kalla det sjukdom alltid. Till en början lät det i stora drag som en traditionell mörkläggningshistoria med svepskäl, rökridåer och allt som hör där till, men allt eftersom åren gick, skulle det visa sig att den gode Junselius höll fast vid sin version av händelseförloppet och det fanns egentligen ingen anledning att betvivla karlen, i alla fall inte för den som var det minsta lilla bekant med honom.

Saken var den att Junselius, vid 35 års ålder, plötsligt satte sig ner att fundera. Nog för att han hade sysselsatt sig med den slags aktivitet ett antal gånger förut, men nu hade han från klar himmel slagits av det faktum att jordelivet faktiskt var ändligt. Som om det skulle vara en nyhet för någon enda levande människa, men tydligen hade det gått upp för Junselius att han i bästa fall redan hade levt halva sitt liv och att det som återstod med enkelhet kunde räknas i dagar. Ett inte alltför imponerande antal futtiga sådana som hela tiden skulle decimeras och så småningom oundvikligen nå den absoluta nollpunkten. Var det då så mycket lönt att anstränga sig, resonerade Junselius, nu när det ändå i stort sett var över? Vore det inte bättre att bara acceptera faktum och sätta sig i ro och invänta det oundvikliga. Han drabbades av akut ovilja att företa sig något som helst i onödan. Det var ju rätt och slätt ingen idé. Ponera att han lät sy upp en ny kostym. Visst skulle han kunna svassa runt i den ett par gånger eller så länge det nu varade, men i längden framstod det som meningslöst att göra sig till när det ända i stort sett var slut, kanske redan om ett par dagar. Varför skulle han gifta sig och varje morgon vakna i den äkta sängen och veta att han var ännu en dag närmare döden? Det skulle inte gagna någon. Varken honom själv, sin vackra hustru eller ofödda barn. Varför skulle han ge sig ut en lördagförmiddag och klippa gräsmattan, eller renovera på en eventuell nyinförskaffad villa, när det ändå var så få dagar kvar av livet. En normalt funtad person förväntades självfallet njuta av tiden som var och inte tänka alltför allvarligt på en okänd morgondag. Var det inte också en del av meningen med tillvarelsen, att härda ut och kämpa in i det sista? Att brottas ett par ronder med Liemannen innan man kastade in handduken. För Junselius hade det blivit omvänt. Han kunde inte upphöra att grubbla på alla tings meningslöshet. Detta myller av människor som till synes lyckligt ovetande sysselsatte sig med diverse projekt som givetvis inte tjänade något till.

Det var alltså så det kom sig att Junselius utvecklades till stadens i särklass mest iögonfallande original. Eftersom han likaväl skulle dö i en snar framtid var det verkligen inte så noga med att göra sig till och gå omkring finklädd och välputsad med pomador och extravaganser. Enklast möjligt fick duga. Det blev nötta lågskor, enkel skjorta, urtvättade kostymbyxor och under den kalla säsongen den pålitliga trench-coaten. Skägg och hårkrans växte vilt och putsades så sällan som möjligt. Det lönade sig inte att göra sig vacker, med tanke på den korta tid som var kvar.

Var och en förstår nu att hans ekonomiska läggning var ofrivillig och i sin helhet orsakad av sjukligt grubbleri. För en man som väntar på döden bakom varje gathörn, var intresset för investering och konsumtion relativt obefintligt. Intäkterna översteg vida kostnaderna och alltsamman lagrades på hög till tidvis halvdålig bankränta, men det hade nu ingen betydelse eftersom saldot oundvikligen blev allt större. Junselius hade vänligheten att behålla sitt jobb i stadsadministrationen. Han nändes inte sätta sig på baken med händerna i kors och helt enkelt bara invänta Liemannens intåg. Han behövde ju inte nödvändigtvis anlända just idag, mer troligt i morgon, och då var det väl lika bra att masa sig iväg till jobbet, och väl där gick det som oftast riktigt bra. Arbetskamraterna aktade sig noga för att ta upp ämnen som rörde framtid, konsumtion och investeringar. Då fick de sig en välförtjänt skrapning som gick ut på att det inte var lönt eftersom tiden ändå var räknad och löpte med blixtens hastighet mot det oundvikliga slutet. Junselius var sakkunnig på det juridiska området och tyckte det var lika bra att bidra med sitt kunnande nu när han ändå var på plats, även om det egentligen var meningslöst, sett i ett större perspektiv.

Ödets nyck gjorde så klart Junselius en björntjänst och fick honom att leva långt om länge och uppnå betydligt högre ålder än både han själv och omgivningen hade kunnat föreställa sig. Det såg ut som att den långt utdragna pinan aldrig skulle ta slut. Kanske blev han så pass långlivad på grund av sitt spartanska och sunda leverne, eller bara som ett resultat av goda gener. När det gällde föda var vanorna självfallet spartanska även där. Frukost och sent kvällsmål intogs i hemmet och såg inte mycket ut för världen. Att laga varm mat kom inte på fråga. Matlagning såg han som ett fåfängt och kosmetiskt tilltag som syftade till att förvandla i grunden adekvata matvaror till det sämre, och som i vilket fall som helst skulle blandas i magen och så småningom spolas ut i något mer eller mindre förorenat vattendrag. För en människa i hans situation var det lönlöst att försöka piffa upp en redan utsiktslös tillvaro, vars längd löpte mot sitt slut.

Från att mest ha tillbringat sin tid på arbetet och i hemmet, kom Junselius på ålderns höst till att bli ett fast inslag i stadsbilden. Det var också i den vevan som han på allvar uppnådde status som tvättäkta original. Efter pensioneringen unnade sig Junselius hör och häpna ett dagligt besök i Gambrinus salonger. Det gick som regel att ställa klockan efter honom när han på eftermiddagarna kom travandes i ungefär samma enkla och otidsenliga stass som han hade burit i alla år. Slitna kostymbyxor, skjorta, hatt, trench-coat och på senare tid promenad-käpp. Kom vi honom närmare inpå kroppen hittade vi kanske en gulnad brynja. Vad han skulle på Gambrinus att göra över huvud taget, kunde man med all rätt fråga sig. Förmodligen för att minska tristessen och fokuseringen på grubblerier, nu när han inte hade sitt arbete att sköta längre. Gambrinus serverade enkel, men god husmans-kost för den medelstora plånboken. De två sistnämnda epiteten spelade inte Junselius någon som helst roll. Som vi tidigare har konstaterat var han enligt egen utsago inte det minsta snål, han tyckte bara det var onödigt att konsumera. Syftet med intag av näring var enbart att hålla honom gående så länge som krävdes. Enkelhet, däremot, satte han stor pris på. Det behövdes inget extra för en man som förmodligen skulle trilla av pinn redan påföljande dag. Kypare, hovmästare och servitriser förväntade sig heller ingen som helst uppmuntran eller drickspengar. De visste så väl att varje måltid förmodligen var den sista.

Många som kände Junselius historia ömkade honom, andra månade om honom och betraktade honom som deras eget privata original. Naturligtvis fanns det dem som försökte dra nytta av honom och mer än gärna kunde tänka sig att befria honom från hans förmodade förmögenhet som bara låg där inne i bankvalvet och väntade på att rätt person skulle komma och sätta sprätt på den.

En av de första som försökte var den redan illa beryktade Helgona-Fredrik, vars namn var av ironisk karaktär. Han lade stort mak på sitt tvivelaktiga företag och beställde in onödigt fina rätter som han egentligen inte hade råd med. Det var inte svårt att få ett bord i närheten av Junselius och så småningom bli löst bekant med den samme. När Fredrik efterhand dristade sig till att bjuda på öl, ställde sig Junselius förvånande nog positiv till det hela, men lät alltid nöjet stanna vid två sejdlar, aldrig mer. Även detta tilltag inverkade menligt på Fredriks redan ansträngda ekonomi, varför han redan efter en knapp veckas mutförsök lade fram sin inte alltför intelligenta slagplan. Fredrik avslöjade nu sin dolda talang, nämligen investerarens och finans-analytikerns. Det var därför som han dag efter dag kunde slå på stort och gå på lokal, och säg, skulle inte han, Fredrik, kunna vara farbror behjälplig med ett par placeringstips? Helt utan kostnad så klart. Något överraskande ställde sig inte Junselius helt på bakbenen utan konstaterade att nog kunde Fredrik få ta hela förmögenheten och leka runt med den, inte honom emot, han skulle ändå inte vara kvar i jordelivet och se resultatet. Det fanns bara en liten hake.

"Du, Fredrik, du ser inte så mycket ut för världen du heller, luggsliten är du och förmodligen både hjärtsvag och delirisk. Enligt min allra mest förlåtande kalkyl har du som mest ett halvår kvar att leva, så det lönar sig inte att ge dig några pengar. Dom får du ändå ingen nytta av och inte jag heller."

Bland studenter och dylikt klientel, med alltför mycket fritid och föräldrar med i överkant stora plånböcker, framstod Junselius förmodat digra pengabinge som den ultimata utmaningen. De hade råd att spendera en eller annan eftermiddag på Gambrinus och på studentikost vis skickades församlingens mest förslagne yngling fram för att på ett eller annat sätt lista sig till den gamle mannens förmögenhet, eller åtminstone fragment av den. Så mycket som ett sniff av en förlupen hundralapp hade räknats om en fjäder i hatten. Många var dem som kände sig kallade, men samtliga föll till föga. Den som gjorde det mest hedervärda försöket, i den mån någon av dem kunde sägas inneha någon egenskap som ens påminde om heder, utfördes av kemistuderande Jan Klant. Sitt öknamn hade han förtjänat genom ovarsamt laborerande, med frätskador och explosioner som följd. Huvudingrediensen i Jans plan bestod i att vara enträgen. En egenskap som ingen av hans gelikar besatt. De använde snabba strategier med snabba avvisanden som nödvändigt resultat.

Unge Klant satte sig inom synhåll för Junselius och drack Genever, samtidigt som han drog fram små provrör och påsar. Så fortfor han dag efter dag, med den skillnaden att han drog fram fler och fler provrör och fler och fler ingredienser. Kyparna blev nyfikna, men fick inte ur honom något vettigt. Junselius som förmodligen satt och tänkte morbida tankar, väcktes emellanåt ur sin dvala och lade också han märke till Jan Klants underligheter. Klant trodde sig veta exakt när frukten var mogen att plockas. Vid ett tillfälle när Junselius helt uppenbart satt och betraktade Klant och hans leksaker som låg spridda över bordet, satte han igång sitt skådespel. Klant fattade tag i ett av provrören, höll fram det mot den enhövdade publiken och lade på sitt mest charmerande cirkusdirektörsleende. Junselius var med på noterna och såg ut som att han verkade se fram emot fortsättningen. Nu hällde Klant vätska i ett provrör och pulver i ett annat, och vips blandade han samman alltihopa med en ljudlig puff och illaluktande lilafärgad rök som resultat. Klant vände sig uppfordrande mot Junselius som såg märkbart road ut.

"En applåd från publiken?" undrade Klant.

Junselius log lite försynt och nickade gillande. Det tog Klant som intäkt för att Junselius var mer än förtjust över föreställningen. Vid nästa tillfälle gick Klant ett steg längre och framkallade en så pass hög knall att både kyparen och rockvaktmästaren kom rusande, läxade upp den lede klanten och fick honom att lova bättring. Klant stoppade ner sakerna i en påse och blinkade samtidigt åt Junselius som såg uppriktigt deltagande ut. I fortsättningen var Klant tvungen att smyga med sin lilla show. Det pös och smällde lita var stans under borden och Junselius avslöjade inte med en min vad som vad i görningen när kyparen slog sina misstänksamma lovar runt borden.

Det gick till och med så långt att Klant och Junselius utväxlade ett par ord av och till, även om de aldrig delade bord. Det blev en eller annan dråplig anekdot om misslyckade flickhistorier och mossbeprydda professorer. Från båda håll. Junselius var själv en studerad karl. Till slut kände Klant sig redo för examensprovet, le grand finale. Han satte samman en rejäl pjäs och smällde av den rakt under den tomma stolen på andra sidan bordet. Stolen flög i luften och flera av bordsdukarna i salongen slets av och drog porslin och glas med sig ner i golvet. Jan Klant själv badade i ett grått stoftmoln och man fick intryck av att både hår och klädsel skulle bli svåra att rädda. Den här gången blev Klant resolut utslängd och hotad med laga åtgärder.

Ett par dagar efteråt fick Junselius syn på Jan Klant som stod och hängde utanför konserthuset, precis där Junselius brukade passera när han var på hemväg. Junselius var nyfiken och glad såsom lärkan, och verkade för ett ögonblick ha glömt av alla tankar på sin snara död.

"Hur gick det med dig unge Klant? Dom var väl inte för hårda mot dig, poliserna?"

"Nej vars, det klarar sig. En annan går inte av för hackor. Jag slickar mina sår i ett par veckor så är jag nog på benen igen och får min dagliga Genever precis som vanligt."

"Det låter som hyvens och fridens liljor, Jan. Verkligen helt topp. Inte visste jag att dagens ungdom kunde vara så underhållande. Fast det klart, när jag var i din ålder hade jag ju fortfarande framtiden för mig, så att säga."

"Det klart. Men det värsta var egentligen stassen. Jag var dum nog att sitta och experimentera i min nya kostym. Den som jag hade sparat till under flera års kvällsjobbande på Sagabiografen. Nu vete fasen hur det ska bli med examen. Jag får väl gå i vanliga paltor, antar jag."

"Vet du, Jan, att jag skulle kunna tänka mig att köpa dig en helt ny kostym. Det har jag råd med och dessutom var det riktigt god underhållning. Det måste jag erkänna."

"Tja, nej, men inte ska du väl slösa en massa deg på en sådan som mig. Jag får väl skylla mig själv, min jädra klant."

"Det ska nog gå bra, ska du se."

"Jaha, i så fall ska inte jag vara den som är den."

Dagen efter var Jan Klant på allas läppar. Han hade åstadkommit något helt unikt. För första gången i mannaminne hade en levande människa lyckats få Junselius att lätta på plånboken. Aldrig tidigare hade någon sett honom frivilligt ge ifrån sig minsta lilla spottstyver. De två skulle träffas på samma plats redan nästa dag då det också var tänkt att Junselius skulle överlämna pengarna till den unge pyroteknikern. En smärre folksamling stod på behörigt avstånd bakom Jan Klant för att få med sig alla detaljerna av det historiska ögonblicket. Klant hälsade förväntansfullt på sin vän, och publiken drog efter andan när Junselius tog fram et kritvitt kuvert ur innerfickan på trench-coaten.

"Här Jan, min unge vän, ska du få en fin present av mig."

"Åh, du är alltför vänlig. Dina applåder och uppmuntran var egentligen mer än nog."

"Jag har tänkt som så här, Jan. En ny kostym är bara dumt att lägga sig till med. Du är alltför glad i fyrverkerier och kommer garanterat till att förolyckas i ung ålder, mest troligt redan inom ett par år. Enkla plagg duger bra fram till det är dags. Fråga mig, jag vet allt om sådant. Ett mycket bättre förslag är som följer. Ett personligt presentkort på en daglig Genever i Gambrinus salonger. På så sätt kan vi följas åt den korta tid vi har kvar här på jorden. Det kan bli ett par enstaka Genever, eller kanske till och med riktigt många."

Det började surra och susa i publiken innan folkmassan upplöstes och spreds i olika riktningar. Meningarna om vad som egentligen hade utspelat sig kom också de till att peka i skilda riktningar. Några ville påskina att Jan hade klantat ut sig fullständigt, medan andra såg det som en stor bedrift att han trots allt hade fått Junselius till att lätta lite grand på plånboken. Värdet av ett obestämt antal Genever kunde mycket väl överstiga priset för en skräddarsydd kostym många gånger om. En del vadhållare råkade i luven på varandra och med sina spelare på grund av händelsens oklara slutresultat. För Klant själv var det hela ändå ett antiklimax. Han kvitterade inte ut en enda Genever och lät aldrig mer höra av sig.

Näste man till rakning var en kvinna. Många var dem som hade försökt sig på koketteri och regelrätt flörtande för att komma åt gubbens slantar. Så dum var nu inte Västermalms ros, Johanna. Långt ifrån ung och knappast fager i synen, var hon kanske ändå den som var bäst skickad att få gubben på fall. Hennes förslag var i sin essens affärsmässigt. Var man behövde en hustru, resonerade hon, men Junselius behövde mest av allt en medhjälpare, en följeslagare på sin oundvikliga färd i riktning mot den andra sidan. Det var Johannas syn på saken.

"Vad ska jag med det till", frågade sig Junselius med all rätt. Som om inte allt hade fungerat alldeles utmärkt hittills.

"Du behöver en assistent. Någon som så att säga administrerar din hädanfärd och hjälper dig på traven. Du har förmodligen inte tänkt på att du inte har någon enda vän här i världen. Du kommer att bli liggande i lägenheten och ruttna bort, innan någon hittar dig. Kanske lämnar du efter dig ett sentimentalt avskedsbrev med instruktioner om hur du ska begravas och vad som ska ske med dina tillhörigheter. Du ska veta att folk som läser instruktioner och testamenten är lönearbetande administratörer vars främsta intressen är att dricka kaffe och få dagen att gå så fort och bekymmersfritt som det bara är möjligt. De kommer inte att fästa något större avseende vid dina önskemål, såvida det inte gäller något som lagen absolut kräver. Ner med honom i första bästa gravhål bara och kasta hans gamla skräp åt räven. Och vad ska du ta dig till om du faller i koma och blir liggande som ett kolli, år efter år? Då får du aldrig din befrielse. Om du i stället låter mig ta hand om ruljangsen så blir det något helt annat. Mot betalning förstås. Jag jobbar inte gratis."

Det var ord och inga visor. Helt andra tag än Junselius var van vid och visst hade hon en poäng i sitt nyktra resonemang, den goda Johanna. Kanske hade hon berört en tidigare okänd akilleshäl. Nu när han hade gått och väntat så länge ville han inte lämna saker och ting åt slumpen. När allt kom omkring kunde han inte bara ligga och dö och ruttna bort som om han vore ett simpelt hjon. Och tänk om han plötsligt blev institutionaliserad. Hur mycket onödigheter skulle de inte försöka pracka på honom, när han inte hade makt att sätta sig emot?

"Inte för att det spelar någon större roll, men vad kostar det? Jag vill bara förvissa mig om att jag har råd i längden."

"Det finns olika prisklasser. Det mest ekonomiska är giftermål. Eftersom jag är billig i drift, utan större krav på tingel-tangel, kosmetika och nöjen på lokal, får jag i stället ta hand om det som är kvar av din förmögenhet när du så småningom kastar in handduken."

"Det blir nog ganska så snart det."

"Ja, det får vi innerligt hoppas. Det andra alternativet är fast månadslön, men då får den bli ganska så väl tilltagen. Som anställd är man inte pigg på att jobba gratis, så som en del fruar får göra."

"Då väljer jag giftermål. Om jag mot förmodan lever några månader eller år till, kanske din månadslön länsar mina konton fullständigt och då står jag fortfarande utan hjälp i slutändan. Men vi får allt hålla äktenskapet platoniskt. Jag är till åren kommen, förstår du."

"Platoniskt passar utmärkt", sa Johanna. "Jag har allt dansat nog med somrar som jag har."

Så bestämdes det än en gång tid för bröllop med Junselius i en av huvudrollerna. Den här gången på kommunalkontoret hellre än i katedralen, men än en gång upprepade sig historien. På utsatt tid fanns ingen Junselius att skåda. Efter ett par timmars väntan och pliktskyldigt hulkande fick den halvunga bruden ge sig hemöver med oförrättat ärende. Vad var det som hade skett den här gången? Hade Junselius åter drabbats av kylslagna fötter och funnit för gott att stanna hemma? Hade han i vanlig ordning gått och satt sig på Gambrinus, beställt in dagens pannbiff och låtsades som att han inget visste om något bröllop och en försmådd Johanna?

Alls inte. I stället hade den tillkommande brudens förutsägelse slagit in. Efter en tids dålig lukt i trappuppgången tillkallades så småningom polis och berörda myndigheter som kunde konstatera att Junselius var både död och halvrutten. Det hade visst varit något med hjärtat. Förmögenheten, vars storlek förblev okänd för den breda allmänheten, fördelades broderligt mellan avgiftsbeläggande myndigheter, allmänna arvsfonden och de arma barnen i Afrika.

Flugsnapparn

Det var av stor vikt för **Köttatjuvens here** att framstå som en sjutusan till gubbe. Han var den typen av karl som sa ifrån när han tyckte att det behövdes, städade upp bland osunda hållningar och utdelade diverse mindre angenäma straff när han kom åt. Dessvärre var Köttatjuvens heres auktoritet av det slaget att det oftast blev till ett ensidigt bräkande som få tog notis om. Ville det sig riktigt illa fick han en ordentlig åthutning av någon högbröstad och högröstad matrona. Fast det klart, folk i allmänhet passade sig ändå för att dra till sig Köttaherens uppmärksamhet.

Efter många års ruvande ackumulerade Köttatjuvens here mod nog till att ge sig på familjens ärkefiende nummer ett, Flugsnapparn. Det var Köttatjuvens heres uppgift att hämnas sin framlidne fars baneman. Köttatjuvens heres far gick följaktligen under namnet Köttatjuven. Efter vissa oegentligheter i konsumtionsföreningens butiksförrättning, förtjänade han både sitt öknamn och avsked på grått papper. Allt hade gått sin gilla gång med fasta kunder och enkelt undanplockande av de finaste bitarna, när Flugsnapparn oväntat kom in i bilden och avslöjade affären. Helt i onödan. Varför skulle han tvunget lägga näbben i blöt när allt gick så gesvint? Köttatjuven skulle ju bara sälja ett par hundra kilo till och sedan dra sig tillbaka med en fin slant på fickan.

Flugsnapparn betraktade omvärlden med vidöppen mun, som om han vore en fågel som väntade på att lättfångade byten skulle flyga rakt in i munnen på honom. Det var visst något med polyper eller välvuxna näsmusslor som gjorde att Flugsnapparn var tvungen att suga in syre genom öppen mun hellre än genom näsan. Hans glupande mun ackompanjerades av ett par rejält konvexa glas som framkallade två onaturligt stora och långsynta glosögon. Gubbmagen var också på plats på en i övrigt kort och satt lekamen. På äldre dar fick han för sig att börja jobba deltid på varuhus, den odågan. Nya Domus var en rektangulär betongkoloss till skrytbygge. Ett av många, som i likhet med EPA och Tempo vann terräng i alla centrumkärnor där den gamla bebyggelsen fick ge vika för politikernas rivningsiver. Flugsnapparn trivdes som fisken i sjön. Plockade varor, sörplade kaffe, skojade med kunder och nöp en och annan kassörska i rumpfläsket. Köttatjuven, som naturligtvis kallades något helt annat på den tiden, underskattade sina arbetskamrater. En eller annan kanske anade vad som var i görningen men hade den goda smaken att knipa igen. Tystlåtenhet och lojalitet med kriminella arbetskamrater var dock okända storheter för Flugsnapparn, som mer än gärna pladdrade iväg om allt han fick ögonen på och det ville sig inte bättre än att han fick korn på Köttatjuven mitt uppe i sin tvivelaktiga gärning.

"Det ska jag säga", sa Flugsnapparn. "Att jag vill inte ha låja tjuvahonnar här på arbetsplatsen, och när jag såg han Köttatjuven komma med sin påse, visste jag precis vad det var för en ful fisk vi hade att göra med. Såna ska sitta bakom lås och bom. Med dubbla slag."

Hög på sina hästar var han, Flugsnapparn, den store detektiven. Nog var arbetsgivaren tacknämlig, men det var ändå en och annan som irriterade sig på den slagfärdige Flugsnapparn. Tårta på tårta, smör på fläsket, grädde på moset. Det kunde bli för mycket ibland med denne pratglade snapparen. Köttatjuvens here var inte äldre än att han mest sprang omkring och byggde trädkojor med snorig näsa när han tvangs bevittna när fadern skamset kröp in i finkan för en kortare tid. Det var först i vuxen ålder han på allvar började bry sig om den då sedan länge pensionerade Flugsnapparn. Förmodligen hade det inte blivit någon reda med att få till en ordentlig karriär på ortens stora möbelföretag, varför han började odla helt andra intressen.

Köttatjuvens nästa malör var en till synes enkel trafik-förseelse som utvecklades till ett Texas-rally av sällan skådat slag och som renderade Köttatjuven indraget körkort och saftig bot. Köttatjuven hade tagit ett par mellanöl och fick stora skälvan när en polisbil uppenbarade sig i backspegeln. I stället för att stanna på given signal och låta poliserna komma med ett enkelt påpekande om trasigt bakljus, valde Köttatjuven att stampa på gasen. Han körde in på grusvägarna vid Abborraslätt och lyckades hålla polisbilen stången genom tretton byar och två socknar innan han slutligen fick snedsladd och blev stående mitt ute i en kornåker.

Det hela kunde ha passerat obemärkt om det inte hade varit för Flugsnapparn. Än en gång. Flugsnapparn var i besittning av en prima polisradio som regelmässigt stod på som kvällsunderhållning hemma i stugan. Flugsnapparn låg på soffan och tog igen sig vid spisvärmen, medan hustrun stökade omkring med diverse hushållsgöromål. Flug-snapparns halvöppna mun utvidgades till ett vidöppet gap när han mitt i slummern plötsligt tyckte sig höra en polisröst nämna ett välrenommerat öknamn. Någon dag senare återgavs ett utförligt, men anonymiserat referat i Smålänningen och Flugsnapparn var inte sen att låta meddela nära och kära att det var ingen mindre än Köttatjuven som hade varit i farten.

Köttatjuvens here hade under långa tider irriterat sig på Flugsnapparn. Både för det han hade åsamkat fadern och för det faktum att han var en arrogant gubbtjyv. Hade han bara varit snäll och välmenande kunde Köttatjuvens here mycket väl ha förlåtit honom lite grand, men Flugsnapparn var den sortens gubbe som saknade självkritik och tvunget skulle vara förarglig. I egenskap av pensionär satt han gärna på kafé och skravlade med kända och okända. I Köttatjuvens heres tycke gick han mest runt inne i byn och såg nyfiken ut. Var i vägen och tog onödigt mycket plats, så att säga. Så vad skulle nu Köttaherens gruvliga hämnd bestå av?

Regelrätt våld var så klart inte att tänka på. Ingen skulle känna sympati för någon som pucklade på en gamling. Han lekte ändå med tanken att invänta Flugsnapparn sent en kväll, ge honom en ordentlig magsug och sedan försvinna i mörkret, men då skulle enbart det ökande våldet i samhället få skulden. Ingen skulle förstå att det var Köttatjuvens here som än en gång hade varit framme och skipat rättvisa. Köttatjuvens heres normala taktik låg inom ramen för begreppet search and destroy, även om hans svenska version mer gick ut på att söka upp, konfrontera och skälla ut. Tanken var att offret skamset skulle be om ursäkt, eller mer troligt lufsa iväg med svansen mellan benen och aldrig opponera sig mer. Som oftast blev det inget av med det, eftersom den tilltalade sällan bekände skuld utan mycket hellre gick i verbal envig med den gode köttaheren.

Den här gången ville Köttatjuvens here prova en ny strategi. På brittiskt idiom skulle vi kunna kalla det "a cunning plan", det vill säga en mycket listig och genomtänkt plan. Det hela började med att Köttatjuvens here bankade på dörren till Flugnapparns stuga som var belägen ett fåtal kilometer utanför byn, mitt i den pittoreska småländska granskogen.

"Köttaheren!!", utbrast Flugsnapparn och stirrade med sina glosögon upp på den bortemot 30 centimeter längre heren. Till saken hör att Köttatjuvens here själv så klart inte tyckte om att kallas just det, lika lite som Flugsnapparn tyckte om att bli kallad Flugsnapparn. Det var inte långt ifrån att han hade tappat behärskningen och börjat skälla ut gubbskrället på stående fot.

"Ja, Mikael heter jag. Jag är här för att sluta fred."

"Fred? Va fasen ska de va bra te? Vi är väl inte ovänner du å ja, Köttahere. Vad har du fått det ifrån?"

"Jo, det var ju det här med att du angav min far och allt."

"Ja, det begriper du väl att han måste hoppa in i finkan. Såna låjingar kan man inte ha lösa, men det kan du ju inte hjälpa. Du var ju bare en liten here då."

"Ja, i alla fall så hade jag tänkt å bjuda på buffè på Gillet."

"Jahaja, jo ja tackar ja, det skulle jag inte säga nej till, det skulle jag då rakt inte."

"Buffè med brännvin och allt", la heren till.

Och det var väl just det som var Köttaherens banala, men listiga plan. Att supa den gamle syndaren under bordet mitt under julbordssäsongen när det var som mest folk i restaurangen. Sladdertackor och pratkvarnar skulle föra ut nyheten med blixtens hastighet och Köttatjuvens here skulle få sin efterlängtade hämnd. Och mycket riktigt. Flugsnapparn slafsade i sig av sylta, grisfötter, kål och skinka så det stod härliga till. Eftersom han var van att aldrig stänga munnen, var han en mästare på att lassa in. Redan efter första ombackningen började han dessutom bli ordentligt på lyran av öl och nubbe och började till och med underhålla omgivningen med egenhändigt komponerade snapsvisor.

"Är inte vi sjutusan till gubbar. Vi äter svin å dricker vin å nubbar. Skål!"

Efter ytterligare någon timme med tjo, tjim, mat och nubbar såg Köttaherens plan ut att gå i lås. Han baxade in den lullige Flugsnapparn på handikapptoaletten, men placerade honom inte på toalettsitsen som sig bör utan lät honom stå lutad mot väggen. Medan Flugsnapparn drog fräckisar så att saliven sprutade, började Köttaheren dra av honom kläderna. Det var ingalunda på det viset att han hade böjelse för ekivokt umgänge med äldre gentlemen. I stället lade Köttatjuvens here beslag på samtliga klädesplagg, inklusive gulnad brynja och dito kalsonger och stoppade dem i en säck. Därefter motade han ut Flugsnapparn i restauranglokalen. Själv gick han raskt mot utgången med säcken samtidigt som den nakne Flugsnapparn raglade fram bland de månghövdade julbordsgästerna och orsakade både tumult och ohejdad förtjusning. Köttatjuvens here hann ända fram till utgången innan den bastante och alltför rekorderlige krögaren Tjocke-Bengt satte stopp för honom.

"Vad har du i säcken? Du tar väl inte med dig all den maten hem?"

"Nej då, det är bara gammalt skräp som jag ska ut med."

Tjocke-Bengt visiterade naturligtvis Köttaherens säck och precis när den nakne Flugsnapparn nådde fram till utgången förstod han hur det hela låg till.

Summa summarum blev det kanske inte fråga om en "cunning plan", utan mer en "lose-lose situation". Flugsnapparn blev allmänt utskrattad, men fick sympatierna på sin sida eftersom man förstod att Köttaheren hade tummat en hel del på moralen när han lät den gamle mannen förnedras på det viset. Köttatjuvens here fick hädanefter dras med epitetet _Låj here_ för all framtid. En klassificering som var allt annat än eftertraktad, men han tyckte ändå att det hela framstod som ett relativt lyckat projekt. Liten hämnd är också hämnd, sa bonden och spottade på grannens gris.

Låj – Ful, otrevlig
Here – Son eller pojke. I alla åldrar.
Låj here – Motsatsen till bra here.
Visan om Sjutusan till gubbar – Christer Lund, skånsk vissångare
Från CDn Di gamlaste bidana.

Huset vid Bellingthorp Mill

För mig, som för så många andra, framstod London alltmer som en överbefolkad myrstack. Ett inferno av människor och fordon som ändlöst stressade fram och tillbaka i jakt på status och självförverkligande, eller måhända bara simpel överlevnad. För många som drömde om flykten till landsbygden stannade det just vid drömmar och tankar. För mig var det annorlunda. Jag jobbade på ett universitet i stadens sydvästra utkant och kunde utan problem sköta mina åtaganden utan att bo i dess omedelbara närhet. Ett par dagars närvaro vid undervisning och större konvent skulle vara tillräckligt. Resten kunde skötas via nätet.

Jag kände till omgivningarna sedan gammalt, men blev ändå positivt överraskad av hur många små pärlor till byar som låg gömda strax intill pulserande allfartsvägar. Efter ett par veckors rekognosering föll jag för ett hus som låg strax utanför en pytteliten stad som hette Courtney. Den hade för området typisk stenbebyggelse och såg inte ut att ha förändrats i någon större utsträckning sedan långt före kriget. Genom staden rann en liten å, som om man följde den en knapp kilometer nedströms, ringlade sig fram till den gamla kvarnen Bellingthorp Mill. Kvarnen fungerade numera som museum och på andra sidan vägen, en bit upp på slänten, låg Bellingthorp House. Jag fastnade med en gång för det charmiga, gamla huset som var placerat så pass högt i terrängen att man hade utsikt både in mot Courtney och bort mot de böljande kullarna på andra sidan ån. På baksidan bredde en frisk lövskog med inbjudande promenadstråk ut sig. På högra sidan var det drygt 100 meter till närmaste granne, medan vänstersidan utgjordes av betesmark. På hemvägen, efter första visningen, följde jag byvägen uppför slänten. Jag klev ur bilen och betraktade egendomen ovanifrån. Det var en minst sagt inbjudande syn. Ett ståtligt, gammalt hus som badade i prunkande grönska. Dessutom tre uthus i gott skick, fin utsikt, närhet både till vatten och den pittoreska lilla staden. Det hela såg mer än lovande ut. Det kändes som att jag hade hittat hem.

I egenskap av trångbodd London-bo, var det en enkel sak att frakta mina fåtaliga ägodelar ut till Bellingthorp House. Utmaningen blev i stället att finna möbler som passade in i sitt sammanhang vad gäller ålder och stil. Det fanns ingen anledning att stressa. Jag hade gott om tid till att besöka auktioner, second-handmarknader och diverse möbel-förrättningar. Efter en dryg veckas pysslande och fixande kände jag mig någorlunda installerad. Jag hade redan bekantat mig med de närmsta grannarna. Som förväntat gjorde de sympatiskt intryck på mig. Landsbygdens enkla och genuina folk. Förhoppningsvis en vederlagd sanning hellre än en stadsbos fåfänga generalisering. Jag förstod dock att elddopet måste bli ett pubbesök. Puben Shepherd's Anchor låg strategiskt placerad mitt i byn. Även här infriades den tafatte stadsbons förväntningar. Ett gemytligt sorl blandades med klirrande glas och spridda skratt. Utsvulten av flyttbestyren beställde jag in en stadig Sirloin steak med Stiltonsås. Det dröjde inte länge innan lokalbefolkningen gav sig till känna. Det var så klart redan gammalt nytt att det hade kommit folk ute på Bellingthorp, så alla verkade redan veta vem jag var. En karl i min egen ålder presenterade sig som Johnny Marsh, ordförande i den lokala tennisklubben. Han blev mer än förtjust när jag avslöjade att jag var en habil spelare, sannolikt ett stycke över genomsnittet för en motionär. Det var en egenskap som i sig själv kunde bli en dörröppnare till att lära känna fler människor i byn. Efter ett par pints hade det bildats en ring av Courtney-bor runt mig, som alla ville göra reklam för byns fördelar.

På något ostadiga ben gav jag mig av hemåt. Det var en knapp kilometers promenad längs huvudgatan som löpte bredvid ån, hela vägen bort till Bellingthorp Mill. Vid den lilla parken med fontänen råkade jag på en sällsam figur.

"Är det du som har köpt Bellingthorp?"

"Det är det! Det är det absolut!", svarade jag hurtigt och sträckte fram handen mot den kutryggige, gamle mannen. Något motvilligt tog han min hand men släppte den lika fort igen. Den kändes nästan som luft.

"Då ska du passa dig."

"Ska jag det?", utbrast jag förvånat. Var den lille gubben ute efter att hota eller varna mig? Hur som helst var det svårt att ta honom riktigt på allvar där han stod och stirrade stint på mig med uppspärrade bruna ögon som omgärdades av iögonfallande buskiga bryn.

"Det ska du verkligen!"

"Å, ja?" Jag väntade spänt på att få höra fortsättningen.

Gubben spottade distinkt ner i asfalten. Den snusbruna spottloskan for ut mellan framtänderna och jag fick nästan hoppa till för att undgå att få stänk på byxbenen. Sedan teg han.

"Vad är det jag ska passa mig för, tänker du?"

"Det ska jag säga dig att du ska. Det är obegripligt att ingen har berättat det för dig allaredan. Den där mäklarsprätten till exempel."

"Jaa?"

"Jag ska säga det rent ut. Den förre ägaren dog."

"Ja, det visste jag ju redan. Var det inget värre så ska jag nog klara mig. Det är ju inte helt ovanligt att folk dör, då och då."

"Ja, det begriper väl jag med, men den här, den dog ingen naturlig död?"

"Inte? Var det inte fråga om hjärtattack?"

"Det kan hända. Men den unge pojken. Hjärtattack? Jag tror vad jag tror, jag."

"Ung och ung. Han var väl bortåt sextio?"

"Det hör inte hit. Han var tillräckligt ung för att inte behöva dö på det viset. Och hon som bodde där före dig blev tokig och dog hon också. Hon tog livet av sig."

"Verkligen?"

"Så var det!", nästan skrek han och stötte irriterat med käppen i marken för att slå in sitt budskap ordentligt.

"Jahaja. Då får jag be att tacka för informationen. Jag lovar att hålla ögonen öppna, Mr.....?"

"Det lär inte hjälpa ett dyft. Prixley. Kalla mig Prix!"

"Tack ska du ha, Prix. Vi ses när vi råkas."

"Och han som bodde där före henne blev också tokig. Bara så du vet."

Det kändes nästan olustigt att vandra hemåt i höstmörkret efter att ha lyssnat på gamle Prixley. Varför skulle det vara farligt att bo i mitt hus? Hade jag införskaffat ett spökhus, eller vad menade karlen egentligen? Att det vilade en förbannelse över det pittoreska Bellingthorp House hade jag svårt att tro.

"Prix the fix. Han har aldrig gjort ett skapandes grand i hela sitt liv, men prata det kan han."

Jag hade antagit Johnny Marsh utmaning i form av en tennismatch. På så sätt fick jag välbehövlig träning samtidigt som jag gavs tillfälle att stilla min nyfikenhet angående byborna.

"Han är säkert helt oförarglig när allt kommer omkring. Ligger det något i det han säger då?"

"Det gör ju det, är jag rädd."

"Gör det?"

"Ja, han har rätt så till vida att det är ett par stycken som har dött."

"Tre, till och med. I alla fall enligt Prix."

"Det kan stämma. Det var han advokaten, Atcliff, nu sist. Han fick hjärtattack och dog en helt naturlig död. Sen var det Martha Bennings. Hon verkade lite tossig de sista gångerna jag såg henne."

"Och innan dess? Det skulle vara en man, sa Prixley."

"Det kommer jag knappt ihåg, men det kan du ha rätt i. Martha bodde här i fem år ungefär, och vem som ägde huset innan henne kommer jag inte ihåg."

"Hur länge hade Atcliff ägt huset?"

"Det måste vara något liknande. Fem, sex år."

"Så bra. Då vet jag hur länge jag har kvar att leva. Bäst att ta vara på tiden."

Senare på kvällen tog jag en sväng bort till biblioteket. Mrs Henderson hade vänligheten att hålla öppet tre kvällar i veckan och lockade dessutom med lördagsöppet vår och höst. Det var ett litet och hemtrevligt bibliotek som på ett utomordentligt sätt kompletterade bilden av att den pyttelilla staden egentligen tillhandahöll allt av service man kunde önska sig. Mrs Henderson lämnade tillfälligt högen med tillbakalämnade böcker, rättade till de halvbågade glasögonen och tecknade åt mig att följa med.

"Här ska du få se. Jag har något åt dig här borta."

Mrs Henderson lotsade mig genom hyllorna och stannade slutligen vid avdelningen för hembygdslitteratur och tog fram en stor, häftad publikation som såg ut att ha sett sina bästa år.

"Den här är från före kriget. Ett gäng pensionärer gav sig ut och fotograferade vartenda hus i byn och skrev lite grand om historien bakom. Här ska du få se ett jättefint foto på Bellingthorp House och hela familjen Wilford."

Jag kände mycket riktigt igen mitt eget hus, så som det såg ut ett knappt sekel tillbaka. En tidstypisk utbyggnad vid köksingången måste ha blivit riven vid något senare tillfälle. Wilfords såg nästan förskrämda och hålögda ut där de pliktskyldigt poserade framför sitt hem, förmodligen hastigt utkommenderade för att tillfredsställa fotografens önskemål. Alla barnen var mer eller mindre fräkniga, ett tydligt arv från den rödlätte fadern.

"Vad hände med Wilfords? Hur länge var egendomen i den familjens ägo?"

"Det var en tragisk historia. Både lille Benjamin, han där till vänster, och mamman omkom när Benjamin ramlade ner i brunnen, den är övertäckt sedan länge. Mamman försökte få upp honom men mötte samma öde. John Wilford bommade igen huset och flyttade till Winchester med de överlevande barnen. Det var inte förrän den sist levande dottern dog och hennes barn beslutade sig för att sälja, som någon har bott ute på Bellingthorp."

"Jaha, jag har hört att en viss Martha Bennings gjorde stora renoveringar för inte så länge sedan."

"Ja, fast den förste ägaren efter Wilfords var Anthony Pearce. Det var egentligen han som gjorde det mesta."

"Och han dog?"

"Nej, nej. Eller ja, han är död nu, men var vid god vigör när han sålde."

"Hur länge bodde han på Bellingthorp?"

"Det kan väl ha rört sig fem år eller något i den stilen."

"Och du vet inte varför han flyttade."

"Han sa att det spökade."

"Verkligen?"

"Det är inget att bry sig om. Om jag skulle berätta om alla hus i grannskapet som det sägs spöka i, lär vi bli ståendes här till i morgon bitti."

Mrs Henderson skickade med mig hembygdsboken hem. Det var intressant att bläddra i den och försöka jämföra husen i boken med hur de såg ut i modernare tappning. Det som förvånade mig mest var att se gamle Prixley ståendes framför Frenchhouse Farm. Samma buskiga ögonbryn och samma typ av gammaldags, lufsiga klädsel. Det var självfallet inte Prixley själv, utan mest sannolikt hans farfar. Prixley junior var kanske inte ens född när bilden togs. Jag fick inte bara böcker med mig hem från biblioteket. Jag fick också en känsla av det fanns intressanta saker att forska vidare i. Jag skulle till och med vilja säga att det jag hade hört hittills var så spännande att jag knappt kunde bärga mig från att försöka ta reda på mer med en enda gång.

Redan nästa dag satte jag mig framför datorn för att kontakta de myndigheter som jag trodde kunde hjälpa mig. Jag arbetade mig fram i kronologisk ordning och började med att försöka reda ut hur länge den olycksaliga familjen Wilford hade huserat på Bellingthorp. Det visade sig att John Wilford hade kommit dit som liten, år 1906. 1917 hade han gift sig och tagit över både huset och kvarnen, men sålt av den senare ganska omgående. Efter tragedin med hustrun och sonen packade han ihop sina tillhörigheter, bommade igen huset och flyttade. Det var 1928. Hur man än räknade så hade han bott där betydligt längre än de obligatoriska fem åren som verkade vara standard nu i modern tid. Vi hade alltså Anthony Pearce med familj som bodde i huset mellan 2001 och 2006. Sedan kom Martha Bennings som kastade in handduken redan efter fyra år, och nu sist Atcliff som dog efter drygt fem år. Då var frågan om jag kunde kalkylera med en period på fem år innan jag skulle bli tvungen att sträcka vapen eller till och med avlida, eller om de första symptomen på galenskap skulle komma redan efter ett par år. Jag skrattade gott för mig själv. Det var roligt att ironisera, mindre roligt om något liknade inträffade i verkligheten.

Tiden gick sin gilla gång. Efter ett drygt år tyckte jag att jag hade fått hyfsad ordning på insidan av huset. Renoveringsbehovet var minimalt eftersom de tidigare ägarna hade gjort ett hästjobb i flera avseenden. Jag bytte ut de moderna köksluckorna mot något mer otidsenligt. Jag satte pris på det gamla och genuina så långt det nu var möjligt. Vitvaror och eldstäder fick sig också en välbehövlig uppgradering. För övrigt fanns det inget som för tillfället behövde åtgärdas utan jag kunde undan för undan baxa in mina nyinköpta möbler. Det var en blandning av gammalt och nytt, men som regel av klassiskt snitt. Utemiljöerna var ett helt annat kapitel. Jag hade ambitioner om att anlägga grönsaksland och dessutom en trädgård av någorlunda dignitet. Buskar, blommor och diverse spaljéer skulle omgärda ett nyuppfört uterum. Det första jag stötte på när jag började gräva var den gamla igenlagda brunnen. Då kom jag åter att tänka på husets makabra historia. Jag satte mig på huk vid kanten och ryste. Jag kunde se den förtvivlade mammans kamp framför mig. Hur hon förgäves sträckte sig nedåt för att rädda sin son, miste balansen och störtade ned i djupet. Kanske bröt hon nacken mot någon sten redan på vägen ner. Medan jag satt där friskade vinden i och jag fick hålla emot med handen i marken för att inte vackla till och falla ner i brunnen. Till slut la jag tillbaka plåten över hålet och gick in mot huset. Då tyckte jag mig höra ett svagt rop. Jag vände mig blixtsnabbt om och stirrade på den korrugerade plåten som verkade vricka till lite grand i den hårdnande blåsten. Sannolikt kunde vinden och plåten skapa ljud som lät som människoskrik, speciellt när jag var lite lagom uppspelt av att tänka på husets historia.

Som jag minns det var det året efter, på försommaren, som jag hörde ropet nästa gång. Det var medan jag satt i uterummet och beundrade min snabbt växande trädgård. Det var vindstilla och den gamla brunnen var numera försedd med ett ordentligt överlägg som inte gick att rubba utan att lägga ner minst en kvarts arbete på ett tiotal väl åtdragna skruvar. Min avsikt var att låta brunnen vila i frid hellre än att använda den som bevattningskälla. Nu hörde jag klart och tydligt ett dovt rop på hjälp, som om det kom nerifrån brunnen. Jag satt på helspänn ett bra tag, men hörde ingenting mer den kvällen. Trots min lugna och stabila läggning kunde jag i fortsättningen inte låta bli att oroa mig lite grand varje gång jag jobbade i trädgården. Den gemytlighet jag tidigare hade känt var som bortblåst. Så fort jag slappnade av för ett par minuter kom jag att tänka på ropet och sedan var den goda stämningen ödelagd. Jag hörde ropet ett par gånger till den sommaren men gjorde mitt bästa för att ignorera det och jobba vidare som om ingenting hänt. Det som fick bägaren att stjälpa över var det som hände sent en kväll i augusti. Jag stod och klippte på mina stockrosor när jag plötsligt hörde ropet. Jag fortsatte arbeta och låtsades som ingenting. Sedan kom det andra ropet. Jag stannade upp en sekund, men fortsatte sedan att klippa utan att vända mig om.

"Det är bra, Brent, låt dom inte chikanera dig, vilka dom nu än är", tänkte jag för mig själv och bet ihop. Som om jag på något sätt redan hade accepterat att det fanns ett dom eller ett det, i stället för en mer logisk förklaring som hade med ljudfenomen att göra. Då skedde det något mer.

"Hjälp! Varför vill du inte hjälpa mig?"

Högt och tydligt. Jag stelnade till och lät sekatören falla i marken. Jag måste ha stått blick stilla och sett mina egna händer skälva i minst en minut. Sedan rusade jag in i redskapsboden och hämtade en skruvmejsel. Det tog mig bortemot tjugo minuter och viss blodsutgjutelse innan jag kunde vräka bort det bastanta locket. Jag dristade mig till att stirra ner i mörkret. Självklart fanns det ingenting att se. Man kunde såvitt urskilja vattenytan som blänkte till lite grand när en eller annan solstråle orkade leta sig ända ner till bottnen. Jag gjorde mig redo för att resa mig och gå när jag plötsligt la märke till min egen spegelbild djupt där nere i vattnet. Jag betraktade mig själv i en sekund och såg sedan att vattenytan krusades och hur ett fräknigt pojkansikte uppenbarande sig. Jag rusade upp, vräkte höljet över brunnen och sprang in i huset samtidigt som pojkrösten högljutt upprepade sitt budskap.

"Hjäälp, hjäälp, hjäälp, hjääälp"

Jag och Johnny Marsh hade blivit riktigt goda vänner det senaste året, trots att jag hade varit ofin nog att besegra honom i 12 matcher av 17. Det kändes ändå svårt att anförtro honom det som hade hänt mig.

"Du är överansträngd", försökte han först.

"Du kan inte mena allvar. Jag är ju statsanställd. Livet i forskarvärlden går sin gilla gång utan alltför seriösa tidsfrister."

"Men ändå, du överanstränger kanske hjärnan med allt teoretiserande. Ta semester! Härifrån också. Du har jobbat med trädgården tillräckligt mycket och behöver kanske komma bort från den också."

"Så du tror inte på spöken. Enligt Mrs Henderson var det därför Anthony Pearce flyttade från huset."

"Jo, jag hörde om det jag också. Pearce var det han hette ja. Han såg riktigt plågad ut den stackaren, när jag tänker efter. Det är länge sen nu, men det är nog helt enkelt så att jag inte tror på spöken. Jag har aldrig sett några själv, men om du verkligen tror att dom finns kanske du skulle bjuda hit nån professionell spökjägare. Såna där som dom gör TV-shower med."

"Det blir i så fall min enda chans i livet att få vara med i TV."

Jag tog Johnny på orden och bokade en resa till Schweiz. En veckas bergsvandring borde göra susen för både kropp och själ. Jag passade också på att ta kontakt med ett av Anthony Pearce barn. Hon kom mycket väl ihåg att det hade spökat på Bellingthorp House. Hennes yngre bror hade klagat över knackningar och fadern hade alltså varit så upprörd att han till slut hade sålt huset. De påstådda spökerierna hade dock ingenting med brunnen att göra. Hon kunde inte erinra sig att någon i familjen hade känt till den historien. Brunnen måste ha varit övertäckt och osynlig redan på den tiden. Det som hade plågat hennes far var i stället skakningar i den öppna spisen. Hon hade själv suttit vid sidan av honom en gång när han påstod att spisen var i rörelse och att den ville få ner honom till kvarnen för att hämta kallt och friskt kylvatten, eftersom den tyckte att familjen eldade för hårt. Han tolkade det som att en ond ande ville locka ner honom i ån där han förmodligen skulle möta drunkningsdöden. Själv hade hon inte märkt något av spökerierna. Efter flytten blev fadern snabbt bättre och dog en helt naturlig död för ett par år sedan. Jag fick också kontakt med en släkting till Martha Bennings. Enligt släktingen hade tanten levt ensam i huset och hade inte uppvisat några tecken på psykisk instabilitet. Ändå hade hon utvecklat någon form av sinnessjukdom under sina sista levnadsår och begick till slut självmord inne i huset. Om Atcliff, den siste ägaren, hittade jag ingenting. Hans eventuella kvarlevande familj visade sig vara svårfunna.

Bergsvistelsen gjorde verkligen gott, men det kändes allt annat än betryggande att känna till mina föregångares öden. Jag funderade så smått på att sälja och börja om någon annanstans, men vad skulle jag säga till eventuella spekulanter? Att de inte skulle bli förvånade om de blev sinnessjuka eller drabbades av en förtidig död? Det enda moraliskt hållbara vore att jämna hela egendomen med marken. Mitt när det kändes som svårast, var det kanske ändå ett ödets nyck att jag fick ögonen på en trivial annons i lokaltidningen.

"Låt oss analysera ditt vatten. Skadliga ämnen neutraliseras av våra effektiva filter."

Kunde det inte vara så att det fanns någon hälsovådlig substans i vattnet? Att det var därför så många hade drabbats av vanföreställningar. Jag skickade in en serie prover till firman för att se om det fanns något att anmärka på. Det gjorde det dessvärre inte. Firman konstaterade besviket att alla värden låg innanför gränsen, men att ett järnfilter ändå var att rekommendera. Jag var lika besviken som dem och nämnde resultatet för Witchet, en sympatisk karl som jag var bekant med sedan gammalt. Han var egentligen amerikan, men hade gift sig med en brittiska och blivit kvar på institutionen för organisk kemi efter avslutad doktorsavhandling.

"Dom där firmorna", sa Witchet. "Dom analyserar bara sådant som dom kan avhjälpa genom att sälja sina egna filter. Det finns mycket mer mellan himmel och jord när det gäller vatten. Ge mig dina prover så ska jag köra en fullständig analys. Har du fler brunnar så ta prover från allihop, så vet du vad du har att spela med."

Witchet verkade entusiastisk när han slängde resultatrapporten på mitt skrivbord.

"Det här vattnet får du passa dig för att dricka. Vid en första anblick ser allt bra ut, men det är inte tjänligt, med tanke på vad du har berättat."

"Tänker du på den gamla brunnen? Det vattnet har ingen druckit sedan 20-talet, och den nya är ju djupborrad enligt konstens alla regler."

"Det hjälper inte långt. Den gamla brunnen är det inget fel på överhuvud taget. Den nya däremot. Den innehåller egentligen inga farliga ämnen, men väl ett ganska sällsynt ämne som bromsar kroppens upptag av vissa livsviktiga B-vitaminer. Om du inte får i dig tillräckligt kan du drabbas av matthet och till och med psykiska störningar."

"Det förklarar ett och annat."

"Det du ska göra nu är att öppna upp den gamla brunnen och dra alla ledningar dit. Den nya brunnen kan du mura igen. Förmodligen ligger det ett skikt av det skadliga ämnet längre ner i marken dit den gamla grävda brunnen inte når. Gå och köp vitaminer och drick bara flaskvatten tills vidare så ordnar det sig säkert."

Jag var Witchet evigt tacksam. Det var verkligen en lättnad att det fanns en logisk förklaring till det som hade inträffat. Det tragiska var att det hade skördat ett eller flera liv. När Pearce köpte egendomen hade han så klart borrat en ny brunn och ingen hade upptäckt det skadliga ämnet. Att Pearce dotter inte drabbades lika hårt som sin far berodde sannolikt på att barnen i familjen var i den åldern då de i huvudsak drack mjölk hellre än vatten.

Ett par månader senare träffade jag gamle Prixley igen, den här gången inne på Shepherd's. Jag bjöd honom på en pint och delgav honom stolt att jag hade löst mysteriet med dödsfallen på Bellingthorp. Prixley fnyste så saliven sprutade ner i både min och hans egen öl.

"Det tror jag vad jag vill om. Det har alltid spökat i det där huset. Det vet jag bestämt och det har inget med vattnet att skaffa."

"Då är det ju konstigt att spökerierna började samtidigt som vattenkvaliteten sjönk. Det var inget fel på vattnet i den gamla brunnen. Den som Wilfords drack ur, och dom dog av en olycka i brunnen."

"Det var ingen olycka. Dom lockades ner i brunnen, begriper du väl. Det tror jag bestämt. Och det var likadant med dom som bodde där innan Wilfords. En evig förbannelse är vad det är."

"Du har ett antal år på nacken Prix, men så gammal så att du var med redan på 20-talet är du väl ändå inte, eller har

du hört det av din farfar, han som är på bild i hembygds-
boken?"

Det brydde han sig inte om att svara på. I stället drog han
några extra haranger om att jag borde hålla mig i skinnet
och lyssna på gammalt folk.

"Men en sak kan jag lova dig", fortsatte Prixley, "att om du
blir varandes där borta i mer än fem år så ska jag sluta
tjata på dig. Då har du vunnit. Så länge har ingen annan
hållit ut."

"Jaha, det får man tacka för!"

"Men om du ger upp innan dess så har jag vunnit och då
får du lova att hjälpa mig."

"Jag kan gärna ställa upp redan nu om det är något du
behöver hjälp med. Säg bara till!"

"Inte nu inte. Då säger vi så att du blir skyldig mig en
tjänst. Det skålar vi på!"

"Skål Prix!"

"Den där Prix är en riktig kuf", sa jag till Johnny Marsh
efter tennismatchen. "Han vill ha det till att Bellingthorp
har varit hemsökt i alla tider och att det inte alls har något
med vattnet att göra."

"Det förvånar mig inte. Prix gör allt för att leva upp till sin
roll som bygdeoriginal."

"Verkligen! Undrar om hans far och farfar var likadana.
Dom har väl bott där borta på Frenchman's Farm sedan
urminnes tider."

"Nej, Prix har aldrig bott där. Han bor i pensionärs-
lägenhet."

"Okej, så han har sålt av farmen?"

"Nej, han har aldrig ägt den. Inte hans släkt heller. Han kommer inte härifrån. Han flyttade hit på äldre dar. Har egentligen ingen aning om var han kommer ifrån. Dom som bor på Frenchman's heter Collard."

"Men, jag såg en som var på pricken lik honom i hembygdsboken. Han stod framför Frenchman's Farm och såg viktig ut, som om han ägde stället. Varför skulle han annars vara med på kortet?"

"Vem vet? Jag har aldrig brytt mig om dom där gamla böckerna."

"Talar vi om samma person nu? Prix är kortväxt, med buskiga ögonbryn, har gammaldags storväst och hötter med käppen åt folk."

"Nej, det har du missuppfattat. Den Prix jag känner är lång och mager. Har röd halsduk, gubbkeps och går med rollator."

"Verkligen? Honom har jag sett många gånger. Heter han också Prixley?"

"Det är han som heter Prixley. Någon annan tror jag inte finns."

Johnnys berättelse gjorde mig verkligen konfunderad. Jag hade både sett och mött gamle Prixley flera gånger. Hade han ljugit om vad han hette, och till vilken nytta? Hur som helst var allt frid och fröjd igen. Jag tog dock det säkra före det osäkra och drack som regel flaskvatten fortsättningsvis för att inte riskera fler missöden.

En lördagförmiddag i november tog jag en ny tur bort till biblioteket. Jag hade haft hembygdsboken i mitt förvar betydligt längre än vad som till och med den vänliga Mrs Henderson skulle tycka vara försvarligt. Hon såg strängt på mig över de halvbågade glasögonen och konstaterade att boken måste ha skänkt mig stort nöje med tanke på hur länge jag hade haft den.

"Det har den faktiskt. Definitivt! Jag tröttnar aldrig på att beundra de vackra, gamla husen. Förresten, det här fotot med Prixley på, framför Frenchhouse Farm. Visst är Prixley lik sin farfar?", försökte jag.

"Det är mer än jag vet. Bertram Prixley står mycket riktigt framför huset, men om hans farfar finns det inget skrivet. I alla fall inte vad jag känner till."

"Och hans barn och barnbarn?"

"Han var gammal ungkarl, och barnlös, hoppas jag i alla fall. Och nu bor ju Collards där, sedan länge."

"Men, han med rollatorn, heter inte han också Prixley?"

"Det gör han, men jag har aldrig hört att det ska finnas någon koppling mellan dom. Han flyttade hit för 20 år sedan. Från London någonstans, precis som du."

"Och han som brukar sitta borta i parken, är inte han väldigt lik Bertram Prixley?"

"Nej, någon sådan har jag nog aldrig lagt märke till. Jag känner inte till någon som är minsta lilla lik Bertram Prixley. Han var nog ett riktigt original när det begav sig."

På hemvägen slog jag mina lovar runt torget, parken, stadshuset och puben, på jakt efter min variant av gubben Prixley. Det syntes inte ett spår av honom någonstans. Nåja, förr eller senare skulle han väl komma fram och då skulle jag mjölka sanningen ur honom, en gång för alla.

Våren efter måste ha varit min bästa tid i Bellingthorp House. Problemen från tidigare år var som bortblåsta, min nyanlagda trädgård hade växt till sig och kändes mer som ett stiliserat orangeri än en vildvuxen uteträdgård. Mitt gamla umgänge från Londontiden hade börjat hitta ut till min, i deras tycke, paradisliknande sörgårdsidyll. En av dem hade till och med börjat besvära min granne Stamford, ägare till närliggande Bellingthorp Mill. Museiverksamheten var mer eller mindre nedlagd och Stamford använde bara huset ett par veckor om året. Eventuellt skulle han kunna tänka sig att sälja om pris och övriga omständigheter var de rätta. En kuriositet var att gamle Prixley fortfarande lyste med sin frånvaro. Kanske var han till och med död, vad visste jag. Jag kände ju inte ens till hans riktiga namn och en allmänt hållen begravningsannons skulle heller inte få någon bjällra att ringa.

Allt var som sagt var frid och fröjd, och det var inte förrän efter ytterligare två år som jag åter igen hörde det jag absolut inte under några omständigheter ville höra. Ropet på hjälp. Jag satt totalt avslappnad i uterummet och avnjöt ett glas Rioja då den dova, obehagliga barnrösten åter en gång gjorde sig påmind nedifrån den igenspikade brunnen.

"Hjäälp"

Jag slog dövörat till så länge jag mäktade med. Sedan reste jag mig och halvsprang in i huset.

"Hjäälp, varför vill ingen hjälpa mig."

Trots att det var full sommar vägrade jag befatta mig med egendomens utearealer längre. Gräsmatta, blommor och övrig trädgård fick växa igen och kaninerna verkade inte ha något emot att obehindrat kunna kalasa på grönsakslandets läckerheter. Jag låg på flaskvattenproducenternas kommunikationsavdelningar som en igel, utan att få dem att erkänna att deras vatten var otjänligt. Witchet, min vattenanalyserande kollega, skakade medkännande på huvudet och konstaterade att flaskvattnet faktiskt var helt adekvat, men erbjöd sig att leverera dagliga doser i form av 10-litersdunkar av sitt eget vatten tills jag fick ordning på situationen. Även om jag inte hörde några röster inne i huset, var det allt som oftast svårt att sova. Ibland kom jag att tänka på att jag var inne på mitt femte år i huset. Pearce, Bennings, Atcliff och nu unge Brent. Ingen klarade mer än fem år i huset innan förbannelsen åt sig långt in i hjärnbarken och fick oss att antingen ge upp och flytta, eller att kasta in handduken för gott. För min del lutade det mer och mer åt det förstnämnda alternativet. Jag hade allt att vinna på att fly och ta chansen att bli frisk. Vad skulle jag inte ge för en trång liten källarlägenhet i ett Town house i London. Bara det var fritt från röster och störande element. Men först bara en liten detalj. Jag var egentligen inte den som var feg och fann mig i vad som helst. För att kunna få frid i sinnet måste jag en sista gång ge mig i kast med faran och uthärda, om så bara för några minuter. Liten seger är också seger.

På lördagsmorgonen tog jag mig ur sängen på stappliga ben, klädde mig för trädgårdsarbete och öppnade bakdörren för första gången på två månader. Det var ingen vacker syn. Fåglar och kaniner hade gjort processen kort med diverse ätbara detaljer, medan övrig vegetation hade tagit sig friheter och bredde ogenerat ut sig över mina anlagda gångar och okrattade blomlådor. Jag ignorerade skadorna, förde undan kvistar och övriga hinder för att bana mig en väg ner mot brunnslocket. Jag slet i vanlig ordning med att få loss skruvarna alltmedan jag tvingades lyssna till det ihärdiga budskapet från brunnens botten.

"Hjälp mig, snälla hjälp mig."

Jag slängde av brunnslocket och stirrade gudsförgätet ner i brunnen. Min egen skäggiga spegelbild reflekterades förvisso också i vattenspegeln, men det jag framför allt såg var lille Benjamin. När vattnet krusade sig var det som om både jag och den fräknige lille pojken befann oss nere i vattnet, på sätt och vis lika hjälplösa. Benjamin ansatt av dödsångest och jag av spökrädsla. Jag fattade tag i vattenledningen och fick in ena stöveltån på en av brunnsväggens stenar. Sedan bar det nedför i sakta mak. Brunnen var fem meter djup och det vore ingen bra idé för en klaustrofobisk person att följa mitt exempel. Jag led dock bara av viss spökfobi, men det kändes som att jag redan hade kommit en bra bit på väg i mina försök att bemästra den. När jag var helt nere vid vattenytan blev allt stilla. Höll jag mig bara där i ett par minuter till så skulle jag om inte vara botad, i alla fall känna viss stolthet över mig själv och skulle kunna flytta från Bellingthorp med ett litet stycke heder i behåll. Benjamins röst ekade mellan stenarna där nere, men jag stod tappert emot och lät honom inte knäcka mig.

När jag vaknade morgonen efter, mindes jag knappt hur jag hade tagit mig upp ur brunnen, men jag kom i håg så mycket som att jag blev ordentligt sliten av både den fysiska och psykiska ansträngningen. Jag såg på klockan att det var mitt på dagen och hög tid att gå upp. Brunnsövningen verkade ha gjort susen, för jag kände inte alls av de senaste månadernas depression och olust inför prospektet att bo kvar i Bellingthorp House. Hade jag verkligen menat allvar med att ge upp och flytta? Full av energi började jag promenera in mot staden. Vädret var utsökt och folk verkade trivas i sensommarvärmen. En av de första människorna jag lade märke till var faktiskt gamle Prixley. Han som hade hållit sig undan i flera år. Jag blev nästan överlycklig av att träffa honom.

"Gamle galosch, roligt att se dig igen. Var har du hållit hus?"

"Man har lite av varje att stå i, som man brukar säga."

"Men berätta nu vad du egentligen heter. Det är ändå ingen som tror på att du heter Prixley."

"Varför skulle inte jag heta Prixley?"

"För att ingen känner igen dig som någon som heter Prixley när jag har beskrivit dig för dom. Och i den här lilla stan där alla känner alla."

"Det betyder ingenting. Nog heter jag Prixley alltid. Kom med hem så ska jag visa dig."

Till min förvåning gick vi rakt genom staden och vidare in på Frenchhouse Farms gårdsplan.

"Här bor jag alltså. Vi har haft farmen i familjen sedan urminnes tider."

"Men nu ljuger du allt. Jag har själv sett att Collard med fru bor här. Hans farfar köpte egendomen av gamle Bertram Prixleys dödsbo."

"Sådant prat ska man inte fästa något avseende vid. Det betyder ingenting för oss."

Prixley, eller vad han nu månde heta, drog med mig in i huset. Han bara gick rakt fram och verkade fullständigt ignorera paret Collard som satt i salongen och intog en sen lunch. Jag ursäktade mig å Prixleys vägnar, men Collards verkade helt lugna och rörde inte en min. Jag antog att de var så trötta på att ha honom springande i huset, att de mer eller mindre hade för vana att behandla honom som luft. Vi stannade vid ett gammalt fotografi som hängde till höger om den öppna spisen. Det var samma kort som i hembygdsboken. Prixley ställde sig demonstrativt nedanför tavlan som för att posera.

"Nå, vad säger du nu?"

Prix stod där han stod. Samma storväst och stövlar som på bilden, samma klockkedja hängande i västfickan, samma buskiga ögonbryn, samma käpp, samma tunna bakåt-kammade hår under den tidstypiska hatten, samme Prix. Nu gick det sakta upp ett ljus för mig. Det var Prix. Det var verkligen gamle Bertram Prixley som stod framför mig. Men hur hängde det i hop? Hur kunde han posera både på 1930-talet och på 2010-talet och se likadan ut? På pricken likadan.

"Nu kan vi inte stå här längre. Vi har mycket att göra."

"Har vi?"

Prix drog med mig ut igen, förbi det lika ignoranta paret Collard och tillbaka genom staden.

"Vad är det som är så bråttom? Jag hade egentligen tänkt ta ett tag i trädgården i eftermiddag. Jag ligger efter med det mesta."

"Det är en bra idé. Vi går hem till dig, det var precis det jag hade i kikaren."

Synen som mötte mig var något, för att inte säga väldigt förvånande. Mitt staket visade sig vara ljust gult i stället för vitgrått som det borde vara. Det hade jag inte alls lagt märke till när jag gick hemifrån tidigare på dagen. Trädgården, å sin sida, var inte lika stor och prunkande som förut, men i strålande skick. Herregud vad hade hänt? Hur länge hade jag egentligen sovit?

"Stå inte där och dröm. Vi har ett jobb att göra."

"Det har vi kanske inte i alla fall. Allt ser ju helt perfekt ut. Jag som trodde att jag hade ett par veckors hårt trädgårdsslaveri framför mig. Kanske att vi skulle börja med ett glas vitt i stället, eller en hederlig iskall pint ute i trädgården?"

"Kommer inte på fråga. Nu ska du lyssna på mig. Ser du inte vem som sitter där borta?"

"Ja, minsann, det är ju min kompis Lenny, Lenny Johnson.
Han som la bud på kvarnen. Tydligen gav Stamford efter
till slut. Kanske att han redan har flyttat in och sitter och
väntar på mig, sin granne. "

Nu ställde Prix sig framför mig, tog tag i kragen och
ruskade om mig på ett näst intill onödigt bryskt sätt.

"Hör upp nu Brent. Jag vill inte skälla för mycket på dig. Du
är en bra grabb, men nu måste du försöka vakna till och se
sanningen i vitögat. Uppenbarligen har det inte gått upp
för dig att det är Lenny som bor här nu. Han köpte huset
av dina föräldrar ett par månader efter att du dog. Ja, du
blev liggande där nere i brunnen. Du begrep inte hur djup
den egentligen var. Du såg ut som ett skrynkligt, uppsvällt
russin när dom hittade dig. Nu måste du skärpa dig, så att
vi kan komma igång."

När allt kom omkring var jag inte speciellt förvånad. Jag
borde själv ha förstått att jag hade gått över till den andra
sidan och att Prix själv hade varit död i långa tider. Jag
hade inte lyssnat till hans varningar och nu var jag alltså
död och begraven, men vad gjorde jag egentligen här?
Varför var jag kvar här tillsammans med Prix?

"Förlåt mig, Prix, för att jag aldrig lyssnade på dig när du
försökte varna mig. Nu förstår jag att du och jag ska göra
ett försök att rädda stackars Lenny från att möta samma
öde som mig. Klart att jag ställer upp. Både för dig och för
min kompis."

"Bra, bra. Jag vet hur vi ska göra."

"Är det en ond demon som måste besegras, eller kan vi
komma undan med att varna Lenny, tror du?"

"Ja, ja, det blir nog bra ska du se."

Prix drog med mig bort till brunnen. "Håll dig här och kör
samma program som förut. Jag tror att brunnstricket ska

fungera på honom också. Skrik på hjälp, så där som det brukade låta när du bodde här."

"Som förut? Ropa på hjälp? Men var det inte Benjamin som..."

"Naturligtvis inte. Det var jag som iscensatte alltsamman."

"Men varför? Ville du ta död på mig?"

"Helst inte, det är ett hiskeligt jobb att skrämma upp en ny människa. Enklare att hålla någon lagom varm. Men när det gäller dig hade jag faktiskt en baktanke som inte är så dum. Jag gillar dig."

"Men, vad är meningen med det hela? Varför håller du till här och skrämmer ihjäl var och varannan ägare?"

"Det kan man inte så noga veta. Jag har alltid varit sån, ända sen jag dog. Det är bara så det är. Jag fick ta över Bellingthorp från en som hade ett annat projekt på gång. Collards kommer jag ingen vart med, men det här huset är perfekt. Det är som om ingen klarar att stå emot. Ner i brunnen med dig nu. Jag har rekryterat dig som med-hjälpare. Jag har så mycket att sköta att jag inte hinner med allt själv."

"Jag ställer inte upp!"

"Du har inget val. Sätt igång nu, det är ett lätt jobb, och roligt. Dessutom har jag tänkt att du ska ta över efter mig när du har blivit varm i kläderna. Kommer du inte ihåg när vi satt på Shepherd's och skålade och att du lovade mig en tjänst? Du höll inte ut i dina fem år och nu är du min in till tidens ände."

Bussa-Verner

Jag gick nedför huvudgatan med kyrkporten och stads-
hotellet i ryggen. Torget låg till höger och Ica-butiken
snett mittöver. De tjocka blockbokstäverna på tobaks-
affärens löpsedlar drog till sig de förbipasserandes upp-
märksamhet på ett påträngande sätt. Någon hade vunnit
elva miljoner. Det var söndag förmiddag och aktiviteten
var som sig bör inte överdrivet hög. I kanten av parken
rastade någon sin hund. Jag vill minnas att det var en tax,
förmodligen strävhårig. Jag fortsatte nedför vägen. Nu
blev Hönshyltefjorden synlig där den bredde ut sig bakom
motellet. För en utomstående betraktare såg det kanske
ut som om jag var på väg ner till motellet för att äta lövbiff
med pommes frites, men så var nu inte fallet. Jag hade ett
helt annat ärende och njöt av den livgivande höst-
promenaden.

På sensommaren ett år tidigare hade en sällsam och smått
bisarr historia utspelat sig i trakten och jag hade själv varit
delaktig i den. Jag var uppvuxen i byn, men hade inga nära
släktingar kvar på orten. Trots det brukade jag tillbringa
ett par veckor i trakten varje sommar tillsammans med
familjen. Vi hade kommit över ett före detta lantbruk till
ett hyggligt pris och det vore synd att inte utnyttja den
förmånen. Jag arbetade som departementschef och det
hände att jag också upplät egendomen till vänner i Partiet
en eller annan vecka. Stugan var på sätt vis aningen
spartansk, men samtidigt oemotståndligt charmerande.

Det kan hända att jag under våra första somrar varit allt
för upptagen med allt som behövde göras och ses över på
egendomen, för det var inte förrän på det tredje eller
fjärde året som jag talade med Bussa-Verner första
gången. Han kände naturligtvis inte igen mig, men jag såg
direkt vem han var, trots att det var över 30 år sedan han

varje dag hade kört mig och mina kamrater till skolan. Verner var nybliven pensionär och bodde bara en kilometer bort på ett ensligt beläget hemman där grusvägen tog slut och övergick i skogsstig. Han skulle som det visade sig inte ha någonting emot vare sig en pratstund eller en liten jamare. Verner blev med tiden också en ovärderlig person att konsultera när det gällde planläggning av reparation och renovering. Verners kontaktnät inbegrep hantverkare av alla de slag och priserna var alltid låga eller av byteshandelskaraktär. Då jag oftast hade familjen med mig ut på landet föll det sig naturligt att vi träffades i Verners stuga. Verner var inte överdrivet förtjust i barnungar och fruntimmerspladder. Vid sådana tillfällen vankades det brännvin, som sagt, och småvarmt. Verner var ungkarl och kunde inte laga mat med någon reda, men att värma upp köttbullar och prinskorv klarade han med glans. Inte sällan hade jag också med mig en eller annan exotisk läckerbit, inköpt på någon av mina tjänsteresor.

Invändigt var Verners hem inte något att skryta med. En rejäl gammal torpstuga som fyllde sin funktion. Med uteägorna var det tvärt om. Åkrar och trädgårdsland var prudentligt skötta och vittnade om ett genuint intresse för trädgårdsskötsel. Det samma gällde stängsel, lagård och uthus.

Sådana kvällar då vi möttes på tu man hand, kunde det hända att Verner ville prata politik. Verner hade varit Partiet och Rörelsen trogen under hela sitt liv, men hade på sistone röstat under protest.

"Det är mest skit med Partiet nu för tiden. Ni skolas in i politiken och ska göra karriär och tjäna grova pengar. Det kan aldrig vara bra."

Då gällde det att hålla med Verner så där lagom. Klart att vi som jobbade till förmån för gräsrötterna också skulle få oss en liten belöning för våra ansträngningar. Filantropi hörde sagorna till.

Någon gång när kvällarna blev sena kunde Verner snappa åt sig ett par prinskorvar och en brödbit ur skafferiet och ge sig ut för att mata hunden. Det var en drever som huserade ute i hundgården och bara fick komma in i stugan när det var riktigt kallt. Det var inte mer än rätt att den också fick sig en godbit när det var fest. Verner tog god tid på sig med matningen så jag fick tillfälle att se mig om i stugan. Den var inte speciellt stor och övervåningen var inte ens inredd, så de tre rummen och köket där nere var det enda som stod till buds för den som ville botanisera bland hans ägodelar. Verner sov i kökssoffan. Han trivdes i värmen från vedspisen. Kammaren var inte i bruk längre och det andra rummet använde han som bibliotek. Finrummet stod för det mesta orört. Det var i samma skick som när modern var i livet. Allt var oanvänt sedan den tiden och jag kunde för mitt inre se Verners mor stöka omkring där inne med kaffeservis och sju sorters kakor. I biblioteket förvarade Verner sina klenoder i form av gamla leksaksbilar. Allt från tidigt tjugotal till och med sextiotalet, då kvaliteten på allvar hade börjat fallera. Den lilla bussamlingen låg av naturliga skäl Verner närmast om hjärtat. Jag stod gärna och beundrade Verners samlingar en stund medan han var ute och förrättade sitt ärende. Det tycktes som om det alltid fanns någon ny modell som jag inte hade lagt märke till tidigare. Jag fascinerades av detaljrikedomen i det som i många fall var gammaldags hantverk.

Ett gammalt hus lever sitt eget liv och det knäpper och knakar som det vill, men vid sådana tillfällen då det för övrigt var helt stilla i stugan kunde jag emellanåt lägga märke till ett mer regelbundet ljud. Ett inte helt systematiskt skrapande som följde en förutbestämd rytm, utan mer något som lät som en desperat ansträngning som upprepades med ojämna intervaller. När jag påtalade iakttagelsen för Verner förklarade han att det bodde fladdermöss i träväggarna. De flög in och ut som de ville. Det var inget att göra åt, sa han. Dessutom var de fridlysta. När jag bad om att få se fladdermössen viftade Verner avvärjande med sina grova armar, menande att de var alltför skygga och att det ändå var för besvärligt att ge sig upp på den stökiga vinden. Dessutom började Verner bli kaffesugen.

På en av fjolårets första sommardagar träffade jag Verner vid brevlådorna som var belägna nere vid huvudvägen, ett par hundra meter från Verners hus. Vi hade inte setts sedan i oktober förra året då jag var nere för att jaga älg, så jag såg fram emot att få en uppdatering av den senaste tidens nyheter från trakten. Till min förvåning var Verner inte alls på prathumör, utan verkade i stället allmänt orolig och upprörd.

”Det var hiskeligt en sån telefonräkning jag har fått”, utbrast Verner där han stod och bläddrade bland breven.

”Över 3000 kronor för två månader. Jag som bara brukar ringa för en femtilapp. Man blir rent förskrämd. Sådana summor kan jag inte betala. Jag får gå från hus och hem!!”

”Men det är säkert ett misstag från Televerkets sida. Det har man ju läst om att folk får felaktiga telefonräkningar, men det brukar alltid lösa sig till slut.”

”Televerket kan man inte lita på”, protesterade Verner och såg likblek ut. ”Mot staten får man aldrig rätt. Dom kan göra precis som dom vill. Det är rena Gulag. Nu vet jag inte hur det ska gå.”

Verner såg verkligen inte pigg ut och för att lugna ner honom ett par hekto, lovade jag att prata med Forsgren på Televerket så fort jag hann. Jag kände honom genom politiken sedan gammalt. Innan jag gick vidare frågade jag Verner om det kunde finnas någon naturlig förklaring till den höga räkningen. Hade någon varit hos honom och ringt samtalen, eller kunde någon ha brutit sig in och ringt dyra samtal till utlandet? Det var inte precis alla dagar Verner låste innan han gick hemifrån heller. Verner såg fortfarande disträ och uppgiven ut.

"Nä, det vet jag ingenting om. Det skulle i så fall vara han som jag har hos mig, men han kan absolut inte ha ringt på det viset."

"Men vad säger du nu Verner, bor det någon hos dig? Det har jag aldrig lagt märke till."

Verner vaknade upp ur sin depression och började vifta med armarna över huvudet.

"Nej, nej. Vad är det jag står och säger. Det är ju flera år sedan jag hade min kusin på besök över sommaren. Jag menar naturligtvis att det inte kan ha funnits någon där och att det är flera år sedan jag hade besök. Det här måste ju ha inträffat alldeles nyligen. Nu vet jag inte hur det ska gå."

Jag begrep inte riktigt varför Verner behövde hetsa upp sig så till den milda grad. Tre tusen kronor var mycket pengar, men för Verners del skulle knappast en sådan summa leda till att han tvingades ta steget nedför ruinens brant. Fast det klart, jag visste själv hur det var att ha småländskt blod rinnande i ådrorna. En smålänning förbrukar som regel bara pengar om det är absolut nödvändigt. En annan del av filosofin är att det som blir över när räkningar och uppehälle är betalt, läggs på hög och räknas som nödkapital, hur mycket det än må vara.

Äkta smålänningar räknar inte den sortens tillgångar som förmögenhet. Verner hade med all säkerhet en stor summa sparad som han inte nändes röra, ens om han fick en räkning på 3000 kronor.

Jag höll ändå mitt löfte och ringde Forsgren redan morgonen efter. Han hade semester från sitt direktörsämbete under hela juni, juli och augusti och befann sig i Provence, men som den hyvens karl han var kunde han ändå tänka sig att gå vidare med ärendet mitt i ferien bara för att det var jag. Forsgren ringde tillbaka redan samma kväll och förklarade att saken var ur världen. Verner skulle få en kreditnota så fort som möjligt.

"Välkommen på jakten i oktober då, som vanligt", sa jag innan jag lade på luren.

Det kändes bra i själen att kunna ge en granne och vän ett handtag. Jag var själv inte typen som kunde komma med matnyttiga inspel när det skulle dras ledningar eller om något praktiskt skulle ordnas. Därför kändes det som att jag äntligen hade kunnat betala tillbaka lite för alla de tjänster Verner hade bistått mig med under årens lopp. Senare på kvällen när jag satt på verandan och försökte koncentrera mig på min sommardeckare märkte jag att det ändå var svårt att få hjärnan att släppa taget om det som Verner hade sagt. "Han som jag har hos mig." Det var ett udda ordval. Var det bara tungan som slant, eller kunde det verkligen vara så att Verner hade någon boende hemma hos sig? Någon som inte ville synas. Det var i så fall inte mitt problem. Verner kunde göra som han ville och om han ansåg sig ha anledning att dölja det för mig var det helt upp till honom. Verners uttalande hade ändå sått ett frö av nyfikenhet och detektivlusta i mig. Det vore väl ändå ett ganska harmlöst tilltag om jag gav mig på att utforska det hela lite grand. Helt opretentiöst förstås.

Dagen efter tog jag cykeln ner till byn. Det var en strålande dag och i egenskap av semestrande stockholmare fann jag cykelturen som en lisa för kropp och själ. Jag stannade till vid motellet för att ta en kopp kaffe. Motellet hade enkel brickservering. Det fanns bland annat rödspätta med remouladsås, pytt i panna, köttbullar, falukorv med stekt potatis och diverse kötträtter med bearnaisesås. På söndagar kunde det vankas slottsstek. Allt som oftast befolkades motellet av traktens alla särlingar, eller bygdeoriginal om man så ville. Det var till exempel Gösta, som tyckte om ynglingar och kallade sina favoriter för Mäster. Hade man tur kunde man också få träffa Kalle Puh, Peter Winge och Stalla-Pettern-Viktors-Herbert. Vad de sysslade med vill jag helst inte gå in i närmare detalj på.

Jag köpte som sagt var bara en kopp kaffe som jag satt och sög på en lång stund. Inte för att jag var infödd smålänning utan för att jag ville få kontakt med lokalbefolkningen, utan att för den skull väcka uppseende. Efter tjugo minuter kunde Olof, som satt i kassan inte hålla sig längre. Hans nyfikenhet svämmade över alla bräddar och han var bara tvungen att komma bort och intervjua mig. Jag var bekant med Olofs far, Nils, och jag hade också känt Olof på ett ytligt plan helt sedan han var en liten here. Han hade ett stort, svartkrulligt hår som växte ungefär som det själv ville. Skjortan bar han in och ut. Som ytterplagg använde han för det mesta en smårutig kavaj av gammaldags modell.

"Mer kaffe till Direktörn?", undrade Olof på ett överdrivet ironiskt sätt. "Som du själv är medveten om har vi ingen bordsservering här på motellet, men i egenskap av servicemänniska och med tanke på hur bra kund du är, har jag naturligtvis ingenting emot att egenhändigt servera dig den påtår du så väl förtjänar."

"Jo tack, Olof. Tack ska du ha. Fyll på du bara", sa jag och log uppriktigt. Jag hade alltid roats av Olofs något lillgamla och högtravande sätt att uttrycka sig på. Han hade nästan utvecklat det till en konstart. "Hade jag verkligen varit direktör så hade jag suttit på stadshotellet med vita dukar och inte här. Hur är det med din far förresten?"

"Jodå, det går bra, han är precis lika knepig som vanligt. Det går i släkten."

Efter ytterligare några artighetsfraser var det dags att föra Verner på tal.

"Som du själv brukar påpeka Olof, finns det ju en och annan här i bygden som är lite sär, för att inte säga rent underlig, men en person som verkar vara en helt normal och hygglig karl är väl ändå min granne, Bussa-Verner."

 "Ja, han gör inte mycket väsen av sig, fast han ser jävusst konsti ut", menade Olof.

"Ja, men det är det ju många som gör, speciellt här i trakten, så det tycker jag inte kvalificerar honom. Han verkar vara en arbetsam och bra karl på alla sätt."

"Jo, det kan du ha rätt i", sa Olof. "Det enda man kan hänga upp sig på är hans matvanor. Antingen är han en storätare av rekordformat eller så bunkrar han upp en massa mat hemma i händelse av krig eller nåt. För det mesta vill han inte sätta sig ner och äta utan tar med sig mat hem och då är det alltid minst två portioner."

Jag ryckte till av upphetsning, men ville inte avslöja mina tankar för Olof. "Jaha, säger du det. Det tycker jag verkar vara ett intelligent beteende från Verners sida. Då slipper han ju komma ner hit varje dag. Det kan vara besvärligt för en man som börjar bli till åren. Mycket smidigare att bara värma upp."

Nu stärktes mina misstankar mot Verner ytterligare. Han hade naturligtvis någon som bodde hemma hos sig av någon outgrundlig anledning, men var? Såvitt jag visste skulle källaren ha jordgolv och vara pytteliten. Lagården var iskall vintertid och tom på djur så där kunde ingen bo heller, såvida det inte rörde sig om en tillfällig sommargäst. Det enda som återstod var den oinredda ovanvåningen. Många inredde vinden till sovrum eller gillestuga, men det var inte aktuellt för Verner som hade levt ensam alltsedan föräldrarna dog. Jag hade aldrig sett vinden, men något som var vanligt före kriget, var att bygga ett enda isolerat och uppvärmt rum på en för övrigt tom råvind. Ovanvåningen kunde alltså mycket väl vara inredd, och även om så inte var fallet skulle det ändå inte vara svårt att skapa sig ett tillhåll där uppe. Det var alltså där han gömde undan sin gäst. Kanske en släkting eller vän som höll sig undan polisen, eller bara någon som var folkskygg. För en statstjänsteman och före detta politiker var det nästan en plikt att vaska fram sanningen. I alla fall om det var så att Verner hyste något farligt och ljusskyggt element hos sig, eller kanske rentav en skattesmitare. Det var trots allt spänningen som drev mig. Jag skulle mer än gärna se mellan fingrarna om Verner sysslade med någon lättare form av olaglighet, men om det rörde sig om grövre kriminalitet skulle jag bli tvungen att ta i med hårdhandskarna. Det kunde inte hjälpas att Verner och jag var vänner. Också begreppet nepotism har sina gränser även om de låter sig tänjas en hel del. Jag skulle alltså bli tvungen att ta mig en ordentlig titt på Verners fladdermöss.

Min plan var lika enkel som den var feg. Jag skulle inte ha mod nog att smyga bort till Verners hus och ta mig upp till ovanvåningen på en stege och kika in. Jag valde i stället att försöka överraska Verner när han minst anade det. Var han inte villig att visa mig fladdermössen med en gång, skulle jag helt enkelt gå därifrån och sedan stå och vänta i faggorna med stugan inom synhåll. Verner skulle säkert fatta misstankar och omgående skicka iväg den som bodde hos honom. Åtminstone tillfälligt och då skulle sanningen uppdagas.

"Det skulle förresten vara intressant att se dina fladdermöss, Verner. Det lovade du väl mig nästan sist jag var här", utbrast jag när vi satt vid köksbordet och drack kaffe med dopp.

Vindsdörren var belägen strax vid sidan av den stolen som jag påpassligt nog hade placerat mig på och innan Verner hade hunnit svara varken bu eller bä, reste jag mig hastigt upp och tryckte ned handtaget. Till min förvåning var dörren inte låst utan slogs upp på vid gavel varpå den ingrodda och lätt obehagliga vindslukten slog emot mig.

"Jaha, det går väl bra", sa Verner. "Men jag tror inte dom är där nu."

Vi gick uppför trappan och vidare in på vinden. Den var totalt oinredd. Det fanns inte ens något riktigt golv, bara golvbjälkar och gammaldags isolering i form av sågspån. Än mindre något spår av en undangömd person. Ett par ensamma plankor låg utplacerade över golvbjälkarna så att den som ville kunde manövrera sig fram med hjälp av avancerad balanskonst. Med visst besvär lyckades vi ta oss fram till den ena kortväggen. Där fanns det stora glipor i brädverket och doften av fladdermusurin var påfallande.

"Dom kommer och går som dom vill. Nu har jag inte hört av dom på flera veckor."

Skadskjuten och med svansen mellan benen lommade jag desillusionerad hemåt. Verner kunde naturligtvis inte misstänka mig för någonting annat än ett desperat intresse för fosterlandets fauna, men den deckargåta som hade hållit min fantasi sysselsatt under flera dagar hade visat sig vara just en fantasi. Det kändes en aning kymigt att umgås med Verner fortsättningsvis. Efter ett par veckors karantän, tog jag ändå mod till mig och begav mig bortåt Verners till. Jag gick inte den vanliga vägen utan tog stigen som mynnade ut vid åkern bakom huset. Jag lade märke till Verner redan innan jag kom ut ur skogen. Han befann sig längst bort, vid husknuten och såg ut att vara sysselsatt med att kratta i grönsakslandet. Jag gick ut på åkern och när jag närmade mig Verner, slog det mig att han såg ovanlig mager ut och att han verkade arbeta överdrivet långsamt och tafatt. Innan jag hann höja handen som för att hälsa och annonsera min ankomst, hände något märkligt. Verner drog sig bort mot huset, men inte på ett normalt sätt. Han såg ut att hoppa baklänges och förflyttade sig stegvis in mot huset. Jag började småspringa för att om möjligt få grepp om vad som föregick. Verner drog sig in mot källaringången och försvann. När jag nådde fram var dörren stängd och jag ställde mig strax utanför och väntade. Efter några minuter kom Verner ut. Nu tyckte jag inte att han verkade speciellt mager längre. Han såg ut som han alltid gjorde. Arbetskläderna hade han fortfarande på sig.

"Ja, hej på dej. Så roligt. Ska jag sätta på kaffet?", sa Verner helt obesvärat.

"Vad var det som hände egentligen, Verner. Varför sprang du in i källaren när jag kom?"

"Jag såg inte att du kom. Det var bara så att jag plötsligt fick naturbehov att uträtta. Det är närmare att gå genom källaren och upp till badrummet."

"Jag visste inte ens att du hade en källartrappa. Var har tusan har du den nånstans?"

"Ja, den är i garderoben", sa Verner som om det vore en självklarhet.

Verner serverade kaffet på verandan. Dörren in till huset var stängd och Verner placerade sig själv på en stol mitt framför den. Han verkade inte ha några planer på att släppa mig över tröskeln och ge mig möjlighet att kontrollera om det verkligen fanns någon källartrappa. Vad hade jag med det att göra förresten? Saken med Verners eventuella husgäst var ju utagerad. Trots det blev jag återigen fullständigt övertygad om att Verner hade någonting att dölja. Var mannen på åkern inte Verner, utan en annan person som hade likadana kläder på sig och varför skulle en sådan konstruktion i så fall vara nödvändig?

När jag kom hem ringde jag än en gång upp Forsgren. Jag sa att det kanske var ett dumt beslut att låta Verner slippa betala räkningen. Jag misstänkte nu att det verkligen fanns fler personer i hushållet än Verner hade velat medge. Men, nej, hade Forsgren sagt.

"Jag lät honom inte alls slippa betala. Det hela var ett misstag. Det är sådant som händer när faktureringen datoriseras. Shit in, shit out, så att säga. Din vän Verners telefonräkning var drygt 2800 kronor för hög."

Jag kände mig illa till mods när jag sjönk ner i min öronlappsfåtölj. Familjens katt kurade ihop sig vid fötterna och kom snabbt till ro och började spinna, men harmonin ville ändå inte infinna sig. Verner hade verkat kylig efter incidenten på åkern och jag hade svårt att släppa tanken på att han bedrev ljusskygg verksamhet på sin gård, vare sig det angick mig eller ej. Jag vägde för och emot. Verner kunde knappast ha någon boende på vinden. Det hade jag sett med egna ögon. Fladdermössen hade visat sig finnas i verkligheten och det var sannolikt de som hade orsakat ljuden som jag tyckte mig ha hört. Det var heller inget konstigt med Verners telefonräkning. Å andra sidan hade Olof lagt märke till att Verner alltid köpte med sig två portioner mat hem från motellet och Verner hade själv sagt att han hade någon hos sig, även om han genast tog tillbaka det. Dessutom var jag inte säker på att mannen på åkern var samma person som hade kommit upp ur källaren och varför tog alltid Verner så lång tid på sig att mata drevern? Fanns det fler som också var hungriga? Summa summarum var det inte mycket som talade till Verners fördel. Det som bekymrade mig var att mina misstankar trots allt kunde vara helt ogrundade. Det fanns inga konkreta bevis. Bara indicier. Om jag hade fel skulle Verner sannolikt bli mycket besviken på mig och jag satte verkligen värde på vår vänskap och hoppades att den skulle bestå. Bäst vore att lyda min kära hustrus råd, att låta detektiverna i mina böcker ta hand om mysterierna, medan jag koncentrerade mig på att fira semester.

Jag höll mig undan Verner resten av sommaren och Verner lät heller inte höra av sig. Den sista veckan innan jag skulle återvända hem till Lidingö, fattade jag ändå nytt mod och begav mig bortåt Verners till. Oturligt nog var Verner inte hemma. Jag beslöt mig för att vänta en stund. Verner var sällan långt borta. Förmodligen hade han bara tagit Volvon ner till byn för att handla. Drevern låg i hundgården och drog timmerstockar. Jag gick en vända runt grönsakslandet och förundrades som vanligt över hur väl Verner skötte sin egendom. Allt var välkrattat och i ordning. Jag önskade att jag själv hade bara så mycket som en gnutta av densamma energin. Jag nappade åt mig ett par vinbär och slog mig ner i gräset för att vänta. Jag vände ryggen mot landet och fick i stället husets kortsida och källardörr i blickfånget. Det var samma källardörr ur vilken Verner några veckor tidigare hade kommit ut och förklarat att det var genare att ta den vägen för att nå toaletten som låg en våning upp. Jag iakttog dörren en lång stund och funderade på om den kunde vara öppen. Skulle det vara värt risken att bli ertappad på bar gärning om Verner plötsligt uppenbarade sig. Å andra sidan skulle jag höra bilen komma. Den stod inte i garaget. Alltså hade Verner tagit den med sig. Det avgjorde saken. Jag gick fram till källaren och lade handen på dörrhandtaget.

*

Verner hade stannat till vid motellet. 240:n behövde påfyllning av bensin och Verner själv var lite småhungrig. Det skulle passa bra att köpa med sig köttbullar och mos. Motellet hade hemlagat potatismos eller rättare sagt mos som inte var lagat på pulver. Öste man på rikligt med lingon, la man inte så noga märke till klumparna. Olof la ner de två portionerna i foliekartongen och tog betalt.

"Ska du inte berätta vem som har flyttat in hos dig, Verner? sa Olof utan förvarning. "Har du skaffat fruntimmer? En rund och go från Ryssland?"

Verner tog uppenbart illa upp, välte nästan omkull kartongerna och försökte till och med gripa tag i Olof där han stod bakom disken. Så pass arg var han.

"Jag skiter i vad den där riksdagssossen har tutat i dig, han ska inte gå här och hitta på en massa saker om mig. Skulle det bo någon hos mig så är det min ensak."

"Naturligtvis, Verner, naturligtvis. Nu ska vi ta det alldeles lugnt. Det är självklart ingen som tror att du har något konstigt för dig. Det är ju helt normalt att alltid köpa två portioner när man bor ensam. Det behöver ingen sosse tala om för mig. Det kan vem som helst förstå, för att inte tala om all mat du köper nere på Ica. Det vet ju alla. Det är lika bra att du säger som det är, Verner."

Verner rusade ut ur motellrestaurangen utan att ens ta med sig maten han hade köpt. De senaste veckorna hade Verners humör blivit allt sämre och nu hade det verkligen tagit skruv när den där oförskämde spolingen på motellet hade hånat honom öppet. Han såg för dum ut med sin ut- och invända skjorta. Sådant skulle inte en stamkund behöva tåla. Där skulle han minsann inte handla i fortsättningen och dyrt hade det börjat bli också.

Redan innan Verner körde upp på gårdsplanen lade han märke till att källardörren stod öppen på vid gavel. Han tog sig så snabbt han kunde bort till källaren men blev stående i dörröppningen.

*

Källardörren var väl tillsluten och jag skulle inte på några villkors vis kunna rubba den utan att tillgripa ett stort mått av våld. Jag beslöt mig för att ge upp och satte mig åter ner på gräset. Den här gången strax intill dörren. Jag lutade bakhuvudet mot dörrkarmen, slöt ögonen och njöt av solen som just hade tittat fram bakom ett moln. Det var då jag hörde ett ljud. Det var en monoton och svag knackning, som upprepades ett par gånger. Något tveksamt och försiktigt. Jag lade örat intill dörren, och ja. Det var ingen tvekan om att knackningen kom från andra sidan.

"Är det någon där?"

När svaret kom var jag redan halvvägs upp till lagården för att hämta Verners yxa och spett. Jag gav mig på dörren med all kraft och när den gav med sig var det en ömklig syn som uppenbarade sig där inne i halvmörkret. Verners källare var inte en källare i normal mening. Där fanns ingenting av det jag förväntade mig. Inga redskap, inga hyllor med verktyg och skruvar, ingen varmvatten- beredare, ingenting sådant. På jordgolvet satt en man i slitna arbetskläder. Han såg ut att vara i samma ålder som Verner eller möjligen något äldre. Det hängde en naken glödlampa i taket och i hörnet stod en säng med madrass och filtar. Där fanns också ett skraltigt litet bord. Jag tog tag i mannen och gjorde mitt bästa för att fösa ut honom ur källaren. Han spjärnade emot och försökte skydda ögonen mot solen som strålade in genom den öppna källardörren.

"Varför vill du inte komma med upp och varför sitter du här inne och kurar?"

Mannen ville inte säga någonting, förutom att han inte fick lov att gå ut och att Verner skulle bli arg på honom. Vad var det egentligen som pågick? Det här kunde knappast röra sig ens om ett småkriminellt element. Snarare om någon slags handikappad eller efterbliven stackars människa som hölls borta från samhället i övrigt. Varför hade Verner gjort på det här sättet? Till slut lyckades jag släpa upp mannen ur källaren och lämnade honom sittande mot husväggen. Han verkade fortfarande besväras av det starka solskenet och gömde ansiktet i armarna. Jag antog att han inte fick komma ut och jobba i trädgården varje dag och att han hade suttit där inne i mörkret ett bra tag. Jag tog ännu en tur ner i källaren och det jag fann var allt annat än en vacker syn. Allt tydde på att Verner höll mannen fången mot sin vilja.

*

Väl uppe, möttes jag av en rödbrusig och rosenrasande Verner. Han såg mycket förgrymmad ut och i den stunden ångrade jag mitt tilltag. Skulle Verner till och med kunna bli våldsam när han såg vad jag hade gjort. Han skulle kanske försöka sig på att låsa in mig i källaren i stället för den gamle mannen. Skulle jag vara i stånd att försvara mig mot en Verner i upplösningstillstånd som dessutom var 30 kilo tyngre än jag själv?

"Nej, vad är det här för dumheter? Vad är det du tar dig till?", skrek Verner. Hakan ryckte upp och ner medan han blängde på mig med anklagande blick. "Otto vill inte gå ut. Han är folkskygg och tåler inte solljus. Varför har du släpat upp honom på det här viset? Mitt på dagen till på köpet."

Jag ryckte på axlarna och såg frågande på Verner och kom mig inte för att svara.

"Otto bor här hos mig. Han har fått nog av att samhället ser med så oblida ögon på dem som är annorlunda. Han vill absolut inte träffa folk. Jag tar hand om honom och i gengäld hjälper han mig med arbetet här på gården. Du får lova att inte tala om det här för någon. Människor som Otto ska kunna göra som de själva vill och inte bli offer för nyfikna apekatters ögon och rivas av elaka gamars för-dömande klor."

Jag blev konfunderad över hans raljerande och kände mig till att börja med aningen skamsen för att jag hade gjort så här mot Otto och Verner, men sedan erinrade mig det jag hade sett nere i källaren.

 "Vad använder du kedjorna till, Verner", frågade jag. "Är det inte så att Otto är fastkedjad när han är ute så att han inte ska kunna rymma? Och var det inte så att när du såg att jag kom den där dagen för några veckor sedan, så drog du in Otto i källaren och därefter bytte du kläder med honom och låtsades som att det hade varit du hela tiden?"

"Du har livlig fantasi, du. Kedjorna används inte längre. Det var min far som hade dem som snökedjor till traktorn. Så enkelt var det med det."

Nu morskade jag upp mig lite grand och kände myndig-
hetspersonen inom mig vakna till liv. Det var ett område
jag behärskade till fulländning.

"Det där får vi ta och fråga Otto närmare om när han har
tagits i förvar. Nu får polis och sociala myndigheter ta vid.
Otto ska inte behöva sova i en kall källare. Både du och jag
vet att Partiet har sett till att det finns institutioner med
kompetent personal som kan hantera och rå om den här
sortens människor. Samhället ska ta hand om Otto, inte
du Verner. Jag ska se mellan fingrarna för det här med
kedjorna om du hjälper mig med att samla ihop Ottos
tillhörigheter så att jag kan köra ner honom till polis-
stationen."

Det smärtade mig att behöva ta i med hårdhandskarna,
men Verner kunde inte bara hitta på att ta lagen i egna
händer och hysa viljesvaga gamlingar nere i en fuktig
källare. Efter bara två månaders behandling på institution,
kunde Otto skrivas ut och återvända till eget boende. Det
visade sig att han hade en egen stuga i grannsocknen,
någon mil bort. Det enda som egentligen fattades Otto
var att han var försynt och fåordig. Han ville absolut inte
göra någon anmälan mot Verner. De var gamla vänner,
menade han, och han ville gärna hjälpa Verner i träd-
gården emellanåt, men han medgav att det inte var en
god idé att bo i Verners källare. I egenskap av mitt ämbete
hade jag inga svårigheter att komma till tals med den
lokala polismyndigheten. Då vi diskuterade Verners fall
kom vi fram till att det klokaste var att gå varligt fram
eftersom bevisföringen var så pass osäker. Vi lekte kanske
med tanken att indicier skulle räcka om vittnesmålen var
tillräckligt starka, men vi valde i stället att låta intermezzot
passera utan åtgärd. Verner sattes under måttlig be-
vakning under de närmsta veckorna, i tillfälle att något
nytt skulle komma fram.

Jag återvände till bygden redan samma höst för att delta i älgjakten. Det här årets jakt kommer jag ihåg speciellt väl. Inte för episoden med Verner, utan för att både vår egen utrikesminister och en attaché från tyska folkrepubliken var närvarande. Östtysken lotsades runt på gods och herrgårdar under ett par veckor och kunde därför bara stanna som min gäst över en dag, men han var märkbart imponerad över hur fina de egendomar som svenska staten förfogade över var. I förbifarten råkade tysken få korn på en tjädertupp och trots att den inte var lovlig kunde jag inte förmå mig att avvärja hans jaktinstinkt. Det blev en kuriös trofé att få med sig hem och visa för kamraterna i Politbyrån.

I samband med jakten tog jag också på mitt ansvar att besöka både Otto och Verner. Döm om min förvåning då jag fann Ottos stuga igenbommad. Det som hade skett var att Verner efter utskrivningen hade åkt raka vägen hem till Otto och hämtat tillbaka honom. Nu bodde Otto än en gång nere i källaren och arbetade för fullt på Verners ägor. Den här gången lade jag inte fingrarna emellan. Nu avslöjade jag för polisen att Verner höll Otto fången med hjälp av kedjor, lås och tvångsmedel. Verner dömdes till två års fängelse för frihetsberövande.

Relationerna mellan mig och Verner blev dock inte så kyliga som man skulle ha kunnat tro. Verner själv hävdade att han var oskyldig och att han egentligen gjorde Otto en tjänst, men samtidigt förstod han att jag bara hade gjort min plikt. Jag förbarmade mig över Verners gamle drever och lät den leva de återstående åren av sitt liv hemma hos mig ute på Lidingö. Verner var så klart orolig för den och därför föll det sig naturligt att jag regelbundet besökte Verner i fängelset för att kunna rapportera om hur hans gamle trotjänare hade det. På så sätt kom vi varandra ännu närmare än vi hade hunnit göra före episoden med

Otto. Verner var orubbad i sin tro på samhällets onda avsikter och Rörelsens svek, medan jag som en mänsklig representant för samma samhälles styrande skikt kunde ta udden av Verners värsta överdrifter. Ibland tvivlade jag själv på Verners moraliska skuld, trots att polisförhören tydligt hade visat att Otto var svagsint och hade hållits inspärrad mot sin vilja, även om den viljan varit svag. Verner var ändå i grund och botten att betrakta som en hedersman i ordets rätta bemärkelse, även om både han och hedern tillfälligt hade kommit på avvägar i den här historien. Jag trodde ändå fullt och fast på att Verner skulle sona sitt brott och komma på sundare tankar.

*

Det hade börjat småregna och jag skyndade på stegen nerför backen mot motellet där bilen stod parkerad. Jag lade ner mätapparaturen jag hade hämtat hos Lasse Larsson i kofferten och körde iväg mot Bussa-Verners stuga. Dagen före hade jag varit och besökt Verner på fängelset i Växjö. Det var snart dags för honom att bli frisläppt och han var mycket orolig för sin stuga. Jag hade varit och sett till den ett par gånger under vintern. Det var viktigt att värmen stod på så att rören inte fryste sönder. Nu var det tal om att ordna med renovering. Verner ville börja om på nytt nu när han skulle släppas ut ur fängelset. Han ville komma bort från gamla och tråkiga minnen. Jag hade stämt träff med en hantverkare som skulle bedöma vad som måste göras och hur mycket det skulle kosta. Hantverkaren menade att det var nödvändigt med fullständig omläggning av elstigar och byte av rörled-ningar. Kök och badrum måste helrenoveras. I källaren skulle jordgolvet täckas över med ett ordentligt lager cement. Dessutom var varmvattenberedaren så pass stor att den måste placeras där nere. Hantverkaren tog en spade och började hacka lite grand i jordgolvet.

"Här blir vi på att sänka golvet en halvmeter. Det är onödigt lågt i tak och varmvattenberedaren behöver ordentlig luftcirkulation."

Hantverkaren tog ett par rejäla tag med spaden och konstaterade att det inte skulle bli några problem att komma ner en bit i marken, den var tillräckligt lös. Ett problem kunde vara större stenar som låg dolda i marken. En bra bit ner i marken stötte han på något som kunde vara en sten, men sannolikt inte speciellt stor. Han böjde sig ner och började slita i stenen och fick till slut upp den. Det var ingen sten utan en ganska grov trädgren. Kanske en del i ett gammalt rotsystem som inte hade hunnit förmultna sedan huset byggdes någon gång på 1800-talet. Hantverkaren fortsatte hugga med spaden i jorden och stötte på fler rötter. Under tiden skrubbade jag grenen ren från jord och kunde konstatera att det inte alls rörde sig om en gren. Det var ett ben, ett människoben.

Verner kom aldrig ut ur fängelset utan avled innanför murarna tre år senare. Rättegången visade att Verner hade satt i system att kidnappa äldre människor som ingen saknade. Han höll dem fångna i källaren tills de dog. Då begravde han dem under källargolvet och kidnappade sedan en ny människa. Motivet var knappast det att Verner behövde drängar till sina åkrar utan mer troligt ett sjukligt behov av att kontrollera och bestämma över människor. Den Otto som jag året innan hade befriat ur Verners källare, var antagligen alltför mentalt tillbakastående för att i förhör kunna visa fram hela sanningen. Otto blev så småningom intagen på ålderdomshemmet och avslutade sina dagar lyckligt ovetande om sitt mörka förflutna, eftersom han ganska omgående visade tecken på senil demens.

Hos optikern

Optiker G var väl bevandrad i landets sydliga mål och dialekter. Själv uppvuxen i den nordligaste delen av Göingebygden, vars olika idiom sinsemellan konkurrerade om titeln landets mest svårbegripliga. Likaväl var det en chockerande upplevelse för optiker G när en liten kutryggig dam en mindre vacker dag uppenbarade sig i butiken, dängde paraplyet i disken och krävde sin rätt.

"Jag ska ha mina kaart."

Optiker G ryckte till, flackade oroligt med blicken och kände sig alldeles konfys.

"Vad ska du ha för nåt, sa du?"

"Jag ska ha kaaart", sa tanten med eftertryck. "Jag ska hämta mina kaaart. Ska det vara så svårt att begripa?"

"Jaa, kaart. Det vet jag inte vad du menar med det? Här finns inga kaart."

"Det var då en märkvärdig karl att göra sig till. Har du inte kaart här kanske?"

"Nej, det tror jag inte. Vad är det för kaart?"

"Kaaart", skrek tanten så att öronen fladdrade på den gode optikern. "Vanliga kaaart. Jag har ju lämnat in flera rullar film och nu vill jag ha mina kaaart. Dom ska du väl ända ha klarat av att framkalla. Det är ju flera veckor sen jag var här."

"Jaså, kort, kaart. Men då har du gått fel. Fotoaffären ligger precis här intill. Detta är en optikbutik."

"Optik? En glasögonaffär? Det var det dummaste jag har hört. Tack och adjö då!"

"Tack ska du ha, men skulle du inte vara intresserad av att prova ut ett par glasögon i alla fall, nu när du ändå är här."

"Jag behöver då rakt inga glasögon, karlslok. Du borde lära dig att skylta ordentligt så att folk kan hitta fram. Det är det hela!"

Ursprungligen berättad av optiker G själv.

Kulinariske Olof

Än en gång styrde jag kosan mot hembygden. Efter den tragiska historien med Bussa-Verner, kändes det aningen olustigt att förhålla sig till min barndoms skogar och människorna som levde där. Verner, som på ytan var den sortens gammaldags hedersman som nästan hörde sagorna till, hade vid närmare granskning visat sig inte ha helt och hållet plättfri vandel. Han var när allt kom omkring en simpel syndare han också, precis som du och jag, fast av betydligt allvarligare slag.

Nu, ett tiotal år senare, närmade jag mig pensionsåldern. Jag var mätt på framgång och kände mig redo att vända storstaden ryggen. Jag skulle säkert inte kunna hålla mig från att låta mig övertalas till att ta ett eller annat uppdrag där sakkunnig expertis ansågs nödvändig. Det fick dock inskränka sig till behjärtansvärda ändamål och med tydlig tidsmässig avgränsning, så mycket tänkte jag lova mig själv. Min kära hustru hade lämnat oss ett par år tidigare till följd av elakartad cancer i livmoderhalsen. Barnen hade allesamman egna karriärer i skilda delar av världen och det var egentligen sällan vi sågs, annat än via Skype. Det skulle bli min föresats att i varje fall besöka vart och ett av barnbarnen en gång per år. Så mycket kontakt skulle jag se till att pressa ur mina livspusselstressande söner och döttrar.

Så återstod frågan om vad jag egentligen hade i hembygden att skaffa. Det var naturligtvis den springande punkten, med tanke på hur många andra alternativ som stod till buds. Ett hus med havsutsikt i Provence, en citruslund i Andalusien, eller varför inte en vingård i Napa Valley. Förmodligen var det en kombination av rastlöshet, det vill säga viljan att sätta igång med något nytt, och kärleken till hembygden och de rötter jag hade begravda där. Kanske en fåfäng och obesvarad kärlek med tanke på hur få människor från förtiden jag hade lyckats behålla kontakten med. Jag visste att jag hade ett par kusiner och en gammal morbror, men det var också allt. Kanske hoppades jag också på att återknyta bekantskapen med någon barndomsvän. Den gamla stugan hade jag kvar, även om jag inte hade varit där många gånger de senaste åren. Hela egendomen började bli aningen sjangserad och det var inte utan att tankarna än en gång återvände till min gamle vän Verner. Han som hade varit en mästare på att komma med finurliga förslag till förbättringar och vars kontaktnät inbegrep allt av hantverkare som fanns att uppbåda. Allt det där hörde dåtiden till. Nu skulle jag vara beroende av moderna firmor där de drivande i värsta fall tillhörde den curlade generationens barn som antagligen hade tummen placerad mitt i handen för att lättare kunna spela dataspel utan joy-stick. Så illa kunde det naturligtvis inte vara. Det var snarare min egen oro över att behöva ta tag i praktiska göromål som speglades i skepticism mot för mig totalt okända och presumtivt oskyldiga yrkes-utövare.

Efter noggrant övervägande beslutade jag mig trots allt för att ta ett sorgset farväl av stugan. Den hade skänkt mig många oförglömliga stunder, men jag kände ändå att det var dags att glömma och gå vidare. Här begravde jag på sätt och vis också en hel del saknad. Hustrun, hundarna, katterna och inte minst grannen Verner, som alla hade varit oumbärliga beståndsdelar under många års semesterfirande. Jag insåg att det skulle bli mig ett övermäktigt projekt att få fason på stugan. Det var egentligen en gammal avstyckad gård, med ett flertal uthus och lagård som allesamman var i behov av upp-rustning, inte bara lite lappande och lagande här och där.

Visst trivdes jag, men i det stadiet av livet jag befann mig just nu, var det egentligen någonting annat jag sökte. Något mer representativt och som höll i längden.

Efter försäljning av övernattningslägenheten i Vasastan och villan på Lidingö, rådde det knappast brist på kapital. Med tanke på de skrattretande låga fastighetspriserna i trakten kunde jag med enkelhet ha köpt in en medelstor herrgård om jag så hade velat, och det var faktiskt just det jag till slut kom att göra. Men vi ska inte gå händelserna i förväg.

*

Den första tiden höll jag mig i stugan, med undantag för ett par sejourer i huvudstaden. Det var papper som skulle signeras och diverse möten med min advokat som var i färd med att avyttra det mesta av den fasta egendomen jag ägde i Stockholmstrakten. Det enda jag behöll var stugan i Korsö skärgård. Dels låg den mig varmt om hjärtat och dels brukade mina barn tillbringa en eller annan sommarvecka där ute. Den låg praktiskt placerad intill Sandhamn och allt det som hände där om somrarna.

Jag tog mina små utflykter in till byn. Det mesta var ungefär sig likt. Jag stannade till borta vid motellet, men blev stående i entrén med dörren i handen utan att förmå mig att gå in. Där verkade det mesta vara sig olikt. Borta var det hederliga bricksystemet där kunden tryckte på en knapp vid sidan om menyalternativet, sköt fram sin bricka på räcket och plockade åt sig av dricka och tillbehör. Borta var också pannbiffen, rödspättan och den bräckta korven. Nu var det pizza och burgermål som gällde för hela slanten. Det som däremot var sig likt var personalen. Inte individerna, men sammansättningen. Den bestod i huvudsak av kvinnor i medelåldern på vardagar och av gymnasieungdomar på kvällar och helger. Jag kom att tänka på min gamle vän Nils son, Olof. Han som under ett flertal år jobbade både tillfälligt och på fast kontrakt i motellrestaurangen. På sätt och vis hade Olof också varit mig behjälplig när jag nystade upp den tragiska historien med Verner. Vad han sysslade med nu för tiden anade jag inte. Nils var död sedan ett par år tillbaka. Jag hade inte haft möjlighet att närvara vid jordfästningen på grund av statsangelägenheter, men hade donerat en summa till Hjärt- och lungfonden, till minne av Nils.

Nils var bortemot tjugo år äldre än jag, men vi hade ändå närt ett slags vänskapsförhållande under ett antal år eftersom han var vän till mina föräldrar och stannade allt som oftast till med sin långtradare hemma hos oss. Att bli lastbilschaufför var alla småpojkars dröm. Tänk att få ratta en gigantisk monstermaskin och fara land och rike runt, ungefär som en frisinnad cowboy på prärien. Någon gång fick jag åka med Nils i bilen och om han lät mig styra, fick jag något att skryta med inför de andra killarna.

Efter ett par veckor råkade jag faktiskt på Olof. Han kom ut från Ica samtidigt som jag var på väg in. Han tog ingen notis om mig utan verkade gå i sina egna tankar. Hans stora, svarta, krulliga hår var ett arv från Nils. Nu hade det grånat en aning, men för övrigt var Olof sig lik. Halvknäppt skjorta som hängde utanför de svarta jeansen och urmodig second-handkavaj. En helt egen klädstil egent-ligen, säkert aningen chockerande en gång i tiden och förmodligen en frukt av Olofs musikintresse. Kanske spelade han fortfarande i band. Jag vill minnas att han behärskade både piano och slagverk.

"Olof, hej, det är jag. Du känner väl igen mig?"

Olof ryckte till, men sträckte sedan fram handen, hälsade hjärtligt och verkade nästan exalterad.

"Chefen, Patron, Direktörn eller vad det nu är du heter. Det var inte igår, som man brukar säga. Jävusst länge sen."

"Visst är det så, Olof. Hur är det med dig? Beklagar det här med Nils."

"Ja, det var hjärtat, som vanligt. Hade problem i många år, men skulle likaväl inte gå till läkare. Den gamla stammen, du vet. Jävusst konstia allihop."

"Visst är vi det, Olof!"

Det visade sig att Olof hade tagit över sitt föräldrahem, Nils och Ainas egnahemshus som låg precis i utkanten av samhället. Motellbaren hade han så klart lämnat bakom sig för länge sen, men han var fortfarande restaurang-näringen trogen. Han hade nämligen slagit sig på catering-verksamhet inne i stan.

"Jag jobbade i sjukvården i många år, men det var ett jädrar slit. Var på Sankt Sigfrid å bårhuset å alla möjliga skitställen. Men det är slitsamt å va egen företagare också. Det är ett jädra körande fram å tillbaka, men det går bra. Vi får fler och fler företagskunder. Alla ska ha firmafest nu på hösten."

"Då är du nog mer direktör än jag, Olof."

"Inte fasen. Jag har fyra-fem anställda, men dom är ju sjuka hela tiden, så jag tycker jag får göra det mesta själv. Sen ska dom plötsligt på föräldramöte å en massa annat skit."

"Spännande Olof, fast så är det väl överallt nu för tiden. Önskar jag kunde anlita dig, men du tar väl inte emot hur små beställningar som helst?"

"För dig, Direktörn, gör jag självfallet undantag. Jag kan till och med tänka mig att förära dig med gratis smakprover. Kom ut till mig på söndag eftermiddag så ska jag ge dig en upplevelse du sent ska glömma."

Jag var uppriktigt tacksam för Olofs gentila erbjudande. Jag hade kanske inga större förväntningar vad det kulinariska beträffade, utan såg mest fram emot Olofs sällskap. Det skulle bli trevligt att prata om gamla minnen av våra familjer, och kände jag Olof rätt skulle det också vankas en eller annan snaps. Så hade det alltid varit med Nils också.

Jag körde genom byn, förbi Trojenborg och svängde upp på vår gamla gata. Mina föräldrars hus hade sålts vidare i flera omgångar och såg nu ut till att bebos av en barnfamilj. I trädgården fanns studsmatta, trädäck, monstergrill, mountainbikes och allt annat som brukar höra till. Olofs hus låg bara ett hundratal meter upp längs vägen. Mycket riktigt hotade Olof med välkomstsnaps redan ute i farstun. Han nästan hötte med buteljen uppe i luften samtidigt som han ursäktade sig för att den inte var helt och hållet full. Efter ytterligare ett par välkomstsnapsar dukade Olof fram maten. Det var rester från helgens cateringuppdrag.

"Det finns olika menyer att välja från", förklarade Olof. "Dom flesta vill ha nåt rejält i botten. Bearnaise, köttabit och gratänger. Nästan som gammaldags bonnamat, fast i modernare tappning. Sen har vi dom lite mer välbeställda firmorna som vill försöka sig på finkulturen. Då smäller vi till med en 5- eller 7-rättersmeny med vinpaket. Vi fixar en del själva och tar resten från våra samarbetspartners. Det blir inte så illa, faktiskt."

"Det låter som fjärran från Bruna bönor med fläsk på motellet."

"Det kan man lugnt säga. Ibland stod man å rökte å tappade ner aska i nån gryta, men det sket man i. Bara rörde runt ett par extra gånger så märktes det inte. Nu är det andra bullar. Hälsovårdsmyndigheter och fan å hans moster."

Jag lät mig väl smaka av Olofs små delikatesser. Bonnamaten var precis som Olof hade utlovat, rejäl och fyllig i smaken och lämnade förmodligen inte en enda firmafestdeltagare besviken. När vi gick över till gourmetmaten blev jag än mer imponerad. Olof hade verkligen lyckats komponera ihop en serie rätter som odiskutabelt kittlade smaklökarna på ett mycket tilltalande sätt. Med tanke på hur många finare tillställningar jag hade bevistat genom åren i egenskap av politiker och högre statstjänsteman, måste jag erkänna att Olofs mat höll förvånande hög klass. Kanske inte allra yppersta, men näst intill. Hur många gånger hade man inte suttit med pyttesmå anrättningar som inte såg mycket ut för världen och ibland också smakade därefter. Likaväl hade man fällt överdådiga superlativer och givit en brett leende kypare i uppdrag att berömma kökets stjärnkock. Här, bland Olofs foliekartonger, kändes allt genuint och välsmakande på ett naturligt och hemtrevligt sätt. Kanhända att snapsarna hade förlåtande inverkan på smaklökarna, men jag betvivlade det starkt.

"Roligt att du tycker om min mat, Direktörn, men vi har specialaren kvar."

"Ja, desserten förstås."

"Den kommer allra sist, men jag har faktiskt bestämt mig
för att förära dig med min speciella specialare. Det är inte
så ofta den finns tillgänglig, men i fredags hade jag en
leverans och jag har sparat lite grand till dig."

"Jag önskar jag inte hade vräkt i mig så mycket av alla de
andra läckerheterna, men jag ska mer än gärna göra ett
försök att pressa ner lite till. Vad menar du med specialare,
förresten?"

"Det är inte så speciellt egentligen. Bara en köttfärs-
limpa."

"En vanlig köttfärslimpa?"

"Inte helt vanlig. Om du så vill kan vi kalla den *Pain le
Viande Hachèe*, så smakar den kanske ännu bättre."

"Jag tar vilket som!"

Olof var borta ett bra tag innan han kom farande med en
rykande het keramikform. Den var så varm att både köttet
och stekfettet fräste i fatet när han satte ner det på
bordet. Jag betraktade köttfärslimpan och tyckte inte att
den såg överdrivet aptitlig ut, men visste så väl att skenet
ofta bedrog i den här sortens sammanhang.

"Ta för sig han, Direktörn och säg mig vad du tycker om
min anspråkslösa anrättning."

Jag förstod att detta skulle bli en minnesvärd upplevelse,
med tanke på hur god den andra maten hade varit. Jag
kunde inte tänka mig att Olof försökte driva gäck med mig
eller att han på något sätt hade överskattat sin egen
förmåga. Jag satte gaffeln i en köttbit och lät den vila i
gommen ett par sekunder innan jag ytterst försiktig lät
käkarna börja arbeta. Redan när den första tuggan
passerade svalget visste jag att detta var ett historiskt
ögonblick. Jag gav mig ivrigt på resten av köttfärslimpan

och såg oroligt åt Olofs håll, men han viftade avvärjande med händerna för att visa att hela limpan tillhörde mig och ingen annan. När jag var klar med mitt dåd, satt jag som förstummad och såg rakt ut i luften med tom blick.

"Är det du själv som...."

Olof nickade lugnt och förklarade att detta var en rätt som han själv lagade till i catering-firmans kök när tillfälle gavs.

"Det är en blandning av olika sorters kött, men en del av dom är svåra att få tag på, och framför allt dyra. Det är inte alltid dom är i säsong heller. Det är allt jag kan säga, utan att avslöja för mycket. En kock måste hålla på sina recept, som du säkert vet."

Efter den oförglömliga kvällen hemma hos Olof var det inte utan att jag gick och funderade på hur jag skulle kunna lägga in en regelrätt beställning utan att det skulle låta alltför fabricerat. Jag kunde inte gärna låtsas som att jag hade ett större middagssällskap och riskera att Olof själv levererade maten och genomskådade min bluff. Men det skulle faktiskt inte dröja alltför länge innan jag fick ett giltigt skäl att anlita Olofs catering-service.

*

Jag hade börjat se mig om efter lämpliga objekt på bostadsmarknaden. Talat med mäklare som kunde förmedla mina önskemål vidare till potentiella säljare. Jag bläddrade också bland privatannonserna i Smålandsposten utan resultat. Det var också vid ett sådant tillfälle som jag förundrade mig över att det grova våldet till och med hade spritt sig ända hit ut i obygden på senare tid. Tidningen beskrev hur en kropp hade hittats ute i skogen, inte alls långt från byn och min stuga. Den var illa tilltygad av rovdjur och fåglar, men hade tydligen inte legat där mer än ett par dagar. Som vanligt angavs inga mordmotiv eller information om misstänkta personer eller signalement. Det var upp till var och en att läsa mellan raderna. Jag visste inte om jag skulle bli rädd eller bara lite lagom förfärad. Mest troligt bara indignerad.

Hur som helst hade jag god tid på mig och tänkte inte inhandla första bästa egendom som blev till salu. Ironiskt nog var det precis det jag gjorde. Efter en knapp månad hörde en advokat inifrån stan av sig. Han hade via omvägar förstått att jag kunde vara intresserad av någon typ av ståndsmässigt boende. Det var ett påstående som jag inte var helt enig i. Praktisk nytta gick absolut före ståndsmässighet, vad det uttrycket nu kunde innebära på mäklar- och advokatspråk. Det visade sig att den gamla ärevördiga Åsnensnäs herrgård kunde tänkas vara till salu om pris och övriga omständigheter var de rätta. Jag kände mycket väl till egendomen. Den låg bara en dryg mil utanför byn, men hade så länge jag mindes varit på kneken, med ständigt nya ägare och renoveringar som sällan hade fullförts. När jag besökte Åsnensnäs tillsammans med advokaten, blev jag ändå så pass imponerad att jag inte kunde motstå att lägga ett in ett bud. Det skulle ta sina modiga år att få stället på fötter, men det var förmodligen också den utmaning jag så väl behövde och innerst inne hade traktat efter. Ägorna var starkt decimerade jämfört med hur det hade sett ut före kriget då jordbruk och lantarbete fortfarande var lönsamt, men det fanns fortfarande ett tusental hektar skog kvar som jag möjligen skulle kunna intressera mig för om andan föll på. En kuriositet som med en gång blev uppenbar för mig, var att min farfar en gång i världen hade varit lantarbetare under godsherren på Åsnensnäs. Nu satt jag, hans sonson, på sätt och vis på godsherrens plats. Det var kanske en symbolik som speglade den nya tiden, där det var möjligt för en vanlig arbetarson att resa hela vägen från en klass till en annan. Via politiska uppdrag i Rörelsen och mycket hårt arbete, förstås.

Under det första året såg herrgården mest ut som en byggarbetsplats. Det hände av och till att jag stötte på Olof inne i samhället. Då tog jag självfallet tillfället i akt att påminna honom om all den goda maten han hade bjudit mig på den där oförglömliga kvällen. Jag lovade att återgälda honom så fort min renovering var någorlunda i hamn, och det blev försvarligt att ta in gäster i huset. Olof märkte förmodligen på mig hur illa jag suktade efter fler smakprover av hans specialrätt, men han kom inte med någon antydan om fler inbjudningar. Till slut blev det ändå dags att med pompa och ståt inviga mitt nya hem. Jag hade bjudit in ett antal gamla arbetskamrater och kollegor från min tid i politiken och statsförvaltningen och jag var medveten om att de flesta av dem såg det som ren galimatias att flytta iväg så pass långt bort från ära och redbarhet. Det skulle heller inte bli lätt att imponera på dem med en ordinär lantlig herrgård, men jag kände att jag hade ett äss i rockärmen som stavades O, L, O, F.

Olof var helt med på noterna. Han förstod med en gång vad jag var ute efter.

"Jävusst suveränt, Direktörn! Vi komponerar ihop en sjurätters, där köttfärslimpan smygs in som varmrätt nummer två. Då tror jag att det blir annat ljud i skällan på stockholmarna."

"Det tror jag också. Det är alltid en utmaning att få dom till att bli långa i synen, men den här gången ska vi nog lyckas. Tack vare dig, Olof."

"Tack själv för beställningen, Direktörn, eller Patron ska man kanske säga nu för tiden!"

Succén var ett faktum. En del av damerna var vegetarianer, men övriga gäster framförde stående ovationer och ville så klart veta allt om både kocken och cateringfirman. Jag var mycket förtegen och framförde läxan jag hade lärt av Olof, som gick ut på att en äkta mästerkock är nödd tvungen att behålla sina hemligheter för sig själv. Vad mina gäster än tyckte och tänkte om mig och min lantgård före middagen, så skulle de nu garanterat förhålla sig positiva under överskådlig framtid. Finkrogsmat var definitivt deras akilleshäl. Tack vare Olof kunde jag sola mig i lite extra glans, något som jag motvilligt fick erkänna att jag faktiskt njöt hämningslöst av. Jag såg till att ge Olof extra dricks på räkningen och sände kort därefter honom en inbjudan om att komma hem till mig för husesyn och förtäring.

Olof verkade uppriktigt glad över invitationen och var till och med vänlig nog att berömma både egendomen och den enkla förtäringen där huvudrätten bestod av hemlagad älgstek med svart vinbärsgelé och mustig svampsås. Morgonen efter satt jag på min glasveranda som vette ut mot sjön, med bryggorna och den lilla ön i förgrunden. Som vanligt var lokaltidningen en trogen följeslagare vid frukostbordet, men till min förfäran fick jag än en gång läsa om våld och oroligheter. I tillägg till kroppen som hade hittats för ett antal månader sedan, hade ännu ett lik blivit funnet i skogarna utanför byn. I vanlig ordning var informationen bristfällig, men gick ut på att kroppen i viss mån hade blivit stympad eller möjligen avskavd. Avskavd? Vad menades egentligen med det? Och varför? Var det verkligen så svårt för dagens journalister att redogöra för ett händelseförlopp? I min krafts dagar hade jag genom mitt väl tilltagna kontaktnät relativt enkelt kunnat dra i några trådar och fått inside information, men det var knappast möjligt nu. Det satt ett yngre och oprövat garde på de viktiga positionerna, vars språk jag inte talade.

Klockan var över tolv, men jag spankulerade fortfarande omkring barfota i morgonrock. En obehaglig oro hade intagit min kropp och varje gång jag trodde att jag hade lyckats skaka den av mig återvände den utan pardon. Två lik på relativt kort tid. Avskavd? Det första liket skulle ha varit ansatt av rovdjur. Betydde det att något var avgnagt eller uppätet? Det andra liket var stympat. Hade något skurits bort? Det första mordet sammanföll alltså med provsmakningen hemma hos Olof och det andra med min egen tillställning på herrgården. Herregud, var det jag själv som hade orsakat den stackars människans död genom att be Olof laga till en rejäl portion av sin specialrätt? Köttfärslimpan bestod av en blandning av olika sorters kött varav några var svåra att få tag i, hade han sagt. Det klart att det vore hur enkelt som helst att mala ner en andel människokött i färsen och på så sätt få fram en helt annorlunda och unik smak. Olof hade pratat om att han hade varit på Sankt Sigfrid, mentalsjukhuset inne i stan, i den betydelsen att han hade jobbat där. Men kunde det inte likaväl vara så att han i själva verket hade varit intagen? Olof måste självfallet stoppas med en gång innan fler oskyldiga fick sätta livet till.

Jag kontaktade berörd polismyndighet som ställde sig något frågande till mina påståenden. Det var ytterligt besvärligt att ens få komma till tals med någon som hade kännskap till ärendet.

"Informationen du kommer med är i och för sig intressant, men också ganska så fantasifull."

"Så ni vill ha det till att jag fabulerar? Jag kan visa till fullgott renommé efter jobb på höga positioner i statsförvaltningen under en lång rad år."

"Det tror jag säkert, men saken är den att din teori knappast kan vara riktig. Vi går inte ut med den här typen av information i media nu för tiden, med båda liken härrör från gängkrigen ute i förorterna. Dom har börjat dumpa kropparna allt längre ut och jag kan försäkra dig om att förövaren inte är en krögare, utan från ett helt annat klientel. Det har heller inte skurits av kött från kropparna. Det rör sig uteslutande om logiska skador för den här typen av brott."

Poliskommissariens berättelse hade ändå lugnande inverkan och fick mig att släppa misstankarna mot stackars Olof. Han var helt enkelt en genial mästerkock och inte alls någon slags psykopat som mördade folk för att kunna karva kött från deras bakdelar. Det som kändes aningen kymigt var att jag än en gång hade fått känna på den märkbart lägre statusen jag åtnjöt hos diverse statliga tjänstemän nu för tiden. Förr om åren hade vi alltid kunnat prata off the records, man till man. Nu kände jag mig mer som en i mängden, en som gick med mössan i hand och var tvungen att skrika högljutt för att göra sin stämma hörd.

Ett par veckor senare hade jag och Olof stämt träff inne i stan. Vi skulle stråla samman på catering-firman och sedan gå vidare ut och ta en öl och lyssna på musik. Olof hade försäkrat mig om att ljudnivån var anpassad för gamla stötar som jag, inte för bullerskadade ungdomar som saknade trumhinnor. När jag kom till firman möttes jag av beskedet att Olof dessvärre inte kunde komma.

"Han var tvungen att ta en extravakt på bårhuset."

"Bårhuset? Vad ska han där och göra? Det är väl evigheter sedan han jobbade inom sjukvården?"

"Nja, men han ställer upp ibland när dom behöver folk. Han tycker det är kul att behålla kontakten med dom gamla kompisarna. Han skulle skicka ett sms, sa han. Fick du inget?"

"Det är mycket möjligt. Jag tillhör den gamla stammen som bara kontrollerar en gång varannan dag. I bästa fall."

"Olof bad mig i alla fall skicka med dig ett litet paket som plåster på såren. Skynda dig hem så att det inte tinar för dig."

Olofs kollega lämnade över en frusen förpackning med något som förmodligen skulle kunna vara en rejäl bit köttfärslimpa av specialvarianten. Jag stålsatte mig själv i syfte att tänka klart och redigt och positivt. Inte börja grubbla och älta det där med människoköttet igen. Det klart att Olof gjorde rätt i att hjälpa till på sjukhuset. De behövde säkert all kvalificerad personal de kunde få, men jag kunde ändå inte låta bli att styra kosan mot bårhuset i stället för att åka direkt hem. Jag gick backen upp mot emigrantmusèet och svängde in på sjukhusområdet där jag ställde mig bakom ett hörn och väntade. Det kändes helt idiotiskt att stå där och kura, men jag ville ändå förvissa mig om att Olof hade rent mjöl i påsen, i den mån det var möjligt att få reda på något över huvud taget. Det var småkallt, men jag höll ut ett par timmar utan större problem och till slut fick jag se Olof komma gående. I ena handen höll han en halvrökt cigarett som han såg ut att dra rejäla halsbloss från. I den andra höll han till min fasa en slags väska. Jag steg fram ur mitt gömställe och gick honom till mötes.

"Olof! Herregud Olof, vad i fridens namn är det du bär på? Det är väl inte en kylväska? Och du har väl inte det som jag tror att du har i den?"

Olof kastade cigaretten på marken och släckte den med hjälp av kängan. Sedan trevade han i innerfickan och fick fram ett metalliskt föremål som reflekterades i skenet av gatlyktan. Det kändes som att hjärtat stannade. Jag gjorde en ansats att springa därifrån, men frös fast mitt i steget. Det skulle ändå inte tjäna något till att försöka komma undan ett eventuellt pistolskott. Jag var förlorad. Min oförbätterliga förmåga att lägga mig i saker jag inte hade med att göra hade slutligen tagit ut sin rätt.

Olof räckte fram det aluminiumfärgade cigarettetuiet och bjöd mig att ta en stinkpinne, som han brukade kalla dem. Jag andades ut och skämdes än en gång för mina förhastade slutsatser. Nu hoppades jag att Olof lugnt och sakligt skulle förklara för mig att han alltid tog matpaket med sig till jobbet och att de självklart behövde hållas kalla för att inte förfaras. Olof tände ännu en cigarett och verkade till min lättnad helt oberörd trots mitt mer än insinuanta spörsmål.

"Direktörn, jag vill inte stå här och ljuga för dig mitt på öppen gata. Du har faktiskt helt rätt. Det är precis som du tror och jag har inte så mycket mer att säga om saken, men du måste ändå medge att det är en fantastisk resa jag har låtit dig vara med på. Du är förmodligen inte van vid företeelser som håller sig utanför strikta ramar och utmanar din väl definierade komfortzon. Nu är det bara upp till dig själv att bestämma hur du ska förhålla dig till allt det där farliga du har lyckats luska ut."

"Olof, jag vet inte vad jag ska säga. Alla köttfärslimporna, dom...."

"Det är okej, Direktörn. Det är sent och börjar bli jäkligt kallt. Åk hem och ta dig ett bastubad eller nåt. Själv ska jag bort till firman och laga lite mat. Har precis fått in en hyfsat stor beställning. Vi ses!"

Jag följde Olofs råd. Eldade upp i kaminen nere i sjöstugan och varvade bastu med dopp i Åsnens iskalla vatten, men inte hjälpte det stort. De nästföljande dygnen kunde jag varken äta eller sova. Inom mig utkämpades en bitter kamp. Myndighetspersonen som styrde och ställde djupt där inne i hjärnbarken krävde lag, ordning och millimeterrättvisa. En brottsling måste alltid lagfaras. Nepotism och kontaktnät i all ära, men det fanns ändå gränser för vad jag kunde tillåta min omgivning att komma undan med. Jag hade gått hårt men rättvist fram i historien med Verner och hans fängslande av gamla, försvarslösa människor. Något annat hade inte varit att tänka på. Nu måste jag förfara på samma sätt med Olof. Det handlade om heder och respekt för de döda och deras anhöriga. Och tänk på Olofs lyckligt ovetande kundkrets. Att inte vara klar över vilken sorts föda man lurades till att stoppa i sig. Att till och med lockas till kannibalism till följd av en så kallad mästerkocks sjukliga hjärna. Å andra sidan var kanske en del av dem till och med lyckligt medvetna, vad visste jag, och vem var jag egentligen att förstöra nöjet för folk som satte pris på god mat? Ur den synvinkeln kändes mitt resonemang egentligen mest som en lose-lose situation.

Till slut dråsade jag omkull på schäslongen och sov en djup och drömfylld sömn, som dock visade sig vara både välgörande och vederkvickande. När jag äntligen vaknade var jag hungrig som en varg och det passade utmärkt att veckla upp det lilla paketet jag hade fått av Olof ett par dagar tidigare. Jag satte ugnen på 200 grader och en halvtimme senare befann jag mig vid middagsbordet och smörjde kråset med gott samvete. I Fjärran östern fanns det avkrokar där lokalbefolkningen sades kalasa på sällskapshundar utan att blinka. I vissa kulturer fanns det fortfarande misstankar om utbredd kannibalism, så varför skulle just jag vara så mycket bättre? Speciellt med tanke på hur härligt välsmakande det faktiskt var. Vem var jag att döma mina medmänniskor efter någon slags egen-händigt ihopsnickrad mall för etik och moral? Skulle en specifik kultur vara så mycket bättre än en annan? Och inte saknade de döda kropparna de där små köttbitarna som likaväl skulle förgås och förbrännas till aska inne i krematorieugnen.

Mårten Knutsson

Jag hade förmånen att växa upp med en riktig spjuver till morbror. Han var alltid full i fan och blev tidigt idol för en ovetande liten pilt som behövde en stor stjärna att se upp till. Morbror Mårten Knutsson var knappast att betrakta som en fadersgestalt, mer som en spännande storebror som visste allt om hur en slipsten skulle dras ute i den stora världen. Mårten Knutsson, min mors yngste bror, var bara åtta år äldre än mig. Därför kunde jag storögt bevittna alla hans bravader på nära håll.

Släktens övriga medlemmar var rekorderligt ordentliga. Utövade respektabla yrken och hade moral och heder i tryggt förvar. Det var inte fråga om advokater, läkare och den sortens finare folk. Bara vanliga hederliga arbeten och diverse småföretagande som ingav trygghet och respekt på en liten ort där alla kände alla. Mårten Knutsson var rebellen som föll utanför mallen. Familjens svarta får om du så vill. Som yngste son och sladdbarn passade han på att göra lite som han ville. Mormor hade väl varken tid eller intresse av att sätta alltför hårt pli på sitt lilla busfrö. Mårten Knutsson var ingalunda intresserad av att gå den smala vägen. Han var rationell av sin natur, hade känselspröten ute och fick full kontroll på vad som var gångbart i en värld som höll på att moderniseras i ett rasande tempo.

För mig var Morbror Mårten förknippad med spänning och sensation. Mårten Knutsson tog villigt på sig rollen som allvetare och ouppnåelig förebild. Så fort vi hade vältrat oss ut ur bilen och hälsat på Mormor, brukade jag rusa ner till Morbror Mårten i källaren, där han hade inrett en veritabel tonårslya. Som oftast låg han på sängen och lyssnade på någon form av rebellisk musik som garanterat inte föll den äldre generationen på läppen.

"Jädrar vad häftigt det låter. Kan inte jag få spela in det på kassett?"

"Det får vi se. Kanske om jag hinner."

"Hyggliga! Det är ju så coolt!"

"Du, Lillen. Du skulle sett vad vi gjorde i fredags kväll. Nere vid macken. Jäklar vad det smällde. Tur vi hade trimmat mopparna ordentligt annars hade snuten tatt oss med en gång. Nästa sommar ska du med och fiska. Du fattar inte hur stora gösar vi får nere i ån. Dom gamla gubbarna är avundsjuka som fan."

Det var ungefär så det lät varje gång. Mårten eggade upp mig med någon spännande episod ur sitt händelserika liv. Efter middagen hände det ofta att Mårten slank ut. Plötsligt var han bara borta utan att ha sagt något till Mormor eller de andra. Ibland blinkade han till mig och kunde halvt om halvt viskande förklara att nu skulle han iväg och knulla. Jag tog för givet att det bara var en av många spännande sysselsättningar som folk i Mårten Knutssons ålder ägnade sig åt på daglig basis.

I likhet med många andra ynglingar var Mårten svag för den heliga treenigheten. Brudar, bärs och motorer. I tillägg tyckte Mårten om när det smällde, något som ett par år senare skulle få ödesdigra konsekvenser. För mig innebar Mårtens sakkunskap en outtömlig källa till information om det hägrande livet som tonåring. Något som mina jämnåriga kamrater bara hade vaga aningar om. Mycket tack vare Mårten fick jag något av en särställning i kamratkretsen. Med bakgrund i hans anekdoter kunde jag världsvant berätta om kondomer, gonorré, AK-47, Audi Quattro och Smirnoffs vodka som om det vore självklarheter. Allt kom från Mårten. Alltid denne Mårten Knutsson.

Jag minns mycket väl julafton då jag nyss hade fyllt 12. Den åldern då man hade lämnat småbarnets aningslöshet och så sakteliga uppnått insikt om att det fanns saker och ting det fanns anledning att skämmas för. Då jag slet av papperet från Morbror Mårtens julklapp inför hela släktens nyfikna glosögon, gick ridån på allvar upp för vuxenlivets kommande fasor. Mårten Knutsson satt på en pinnstol vid julgranen och log brett med hela ansiktet, medan jag själv, röd som en pion, försökte smussla undan senaste numret av porrtidningen Paff, vars omslag inte var av det diskreta slaget. Ständigt denne Mårten Knutsson.

Det var väl också i den vevan som det gick upp för mig att namnet Mårten Knutsson inte nödvändigtvis innebar en positiv konkurrensfördel i kompisgänget. I takt med att småpojkars fascination för sensationer ändrar karaktär, visade det sig att Mårtens bravader inte alltid höll måttet för idoldyrkan.

"Nädu, Lillen. Det här med studier ska du akta dig för. Det är bara bjäfs. Se på mig. Jag slutade efter nian och tjänar storkovan."

Mårten Knutsson var mycket riktigt inte skolans ljus och hade fått jobb nere på fabriken redan som sextonåring. Det passade honom fint. Reda pengar i handen och äldre arbetskamrater som kunde köpa ut sprit. Trots sin något ostyriga tonårstid verkade det ändå som att han axlade släktens tradition om att jobba och göra rätt för sig. Ett hederligt industriarbete var verkligen inte att förakta. Det var bara det att Mårten Knutssons personlighet inte begränsade sig till ett sju till fyra-jobb. Hans överskotts-energi ledde till diverse sidoverksamheter som inte alltid följde den smala stigen. En lättare dom för spritförsäljning till minderåriga avlöstes av ett faderskapsmål, men det som fick honom på fall var hans svaghet för pyroteknik, saker som smäller och låter. Mårten och hans kumpan hade kommit över ett antal natriumstavar och kunde så klart inte låta bli att slänga ner ett par av dem i en golvbrunn inne på samma industri där de hade stulit stavarna. Gud vet vad de skulle där att göra över huvud taget, men den kemiska reaktionen mellan Na och H_2O är obönhörligen en explosion. Medan Mårten och hans vän flydde hals över huvud, fattade industrilokalerna eld och den giftiga röken hotade hela bygden under ett par ångestladdade dygn, innan brandförsvaret fick det hela under kontroll. Alltid denne Mårten Knutsson.

Det var också nu jag tappade kontakten med Morbror Mårten. Hans fängelsevistelse sammanföll med att jag flyttade från orten och började studera. Mormor dog ganska kort tid efter och det föll sig inte naturligt att söka upp Mårten. Han föll helt enkelt i glömska. Jag räknade med att han fortsatte sitt tvivelaktiga leverne i samma stil som förr, men aldrig mer något spår av denne Mårten Knutsson.

Livet gick sin gilla gång. Jag bildade familj, jobbade i statlig verksamhet och kände mig allmänt välmående. Upprörde mig sällan över politikernas eller mänsklighetens brister. De få gånger jag besökte någon i hembygden talades det aldrig om Mårten Knutsson. Så vitt man visste hade han flyttat till stan direkt efter fängelsevistelsen. Det var inte förrän min äldsta dotter skulle flytta till huvudstaden som jag fick äran att återknyta bekantskapen med Morbror Mårten. Stockholms inferno av reglering, svartmarknad och bulvaner, krävde kapital och kontakter. Nog kunde jag ha hjälpt Lisa med insatskapital till en bostadsrätt, men det fanns andra, genare vägar för den som var hågad. En av mina andra morbröder hade sporadisk kontakt med Mårten Knutsson och menade att han jobbade som någon slags bostadsförmedlare i Stockholm.

"Roligt att se dig igen. Jädrar vad du har växt, Lillen. Gubbmage och allt. En annan har startat eget, som du ser. Fast fan vet om det inte var bättre där hemma. Kommer du ihåg när jag drog upp dig mitt i natten för att plocka kräftor. Bättre fiske än hemma i ån vetefasen om jag nånsin har upplevt. Stämningen och kompisarna. Det var tider det."

Mårten Knutssons kontor var anspråkslöst, nästan spartanskt och aningen stökigt. Som om han tog hand om allt själv och på ungkarlars vis nedprioriterade städning till ett minimum. När han beskrev sin verksamhet fick jag dock klart för mig att det var stora pengar i omlopp.

"Jag fixar en lya för ett par hundra papp, med kontrakt och allt. Säkra förbindelser hela vägen. Inga nycklar som plötsligt inte passar i dörren."

"Vi har ju tänkt på bostadsrätt också, men då måste jag ut med dryga miljonen bara för att komma ner till en rimlig lånesumma."

"Det där är inget för Lisa. Låt mig ta hand om det hela så får ni pengar över till fredags-tacon också."

Det var på sätt och vis som om tiden hade stått stilla och att allt var sig likt precis som hemma i byn. Mårten Knutsson hade bara blivit ett par decennier äldre, men resonerade på samma världsvana vis och verkade ha full kontroll över saker som vanligt folk bara hade ett hum om via ryktesvägen. Morbror Mårten kunde mycket riktigt på kort tid trolla fram en liten 2:a vid S:t Eriksplan, med låg hyra och nära till allt.

"Då är det väl prasslande sedlar som gäller", försökte jag.

"Inte alls. Det här kostar inget förstår du."

"Men det är väl klart att det gör. Jag är inte född i går, även om man skulle kunna tro det."

"Det där talar vi inte om, Lillen. Vi är släkt och familjen betyder allt om det skulle börja blåsa snålt."

"Men, ta femtitusen i alla fall. Det är tillräcklig rabatt, tycker jag, annars får jag lov att skämmas. En bostadsrätt hade ju kostat en bra bit över tre miljoner, och med samma hyra."

"Behåll dom du. I den här familjen hjälper vi varandra. Bara hälsa lilla Lisa från Morbror Mårten."

Ständigt denne Mårten Knutsson. Var inte både litteraturen och verkligheten full av människor som hade sålt sin själ till djävulen, väl medvetna om konsekvenserna? "I den här familjen hjälper vi varandra." Vad det nu kunde innebära i Mårten Knutssons värld.

När det var dags för näste man att bege sig till huvudstaden, var jag noga med att inte föra Morbror Mårten på tal. I stället var planen att på hederligt vis inhandla en bostadsrätt på en mindre attraktiv adress. Så långt hann det aldrig gå eftersom sonen plötsligt lät meddela att han på egen hand hade skaffat en hyresrätt vid Mariatorget.

"Man vill ju inte bo ute i spenaten, fattar du väl Farsan."

Och vem stod bak och höll i trådarna, undrade jag i mitt allt annat än stilla sinne?

"Lisa fixade!"

Jag andades ut. Klart att Lisa efter ett par år hade blivit bevandrad i storstadsdjungeln och visste hur man förde sig.

"Med viss hjälp av Morbror Mårten, i och för sig."

Där kom det alltså igen. Rakt i ansiktet. Mårten Knutsson, ständigt denne Mårten Knutsson. Nu var alltså större delen av min egen familj i Mårten Knutssons garn, som en enda stor familj. Jag bävade inför vad det skulle kunna leda till.

Jag satt och rullade tummarna runt varandra under många långa år. Så vitt jag visste gjorde mina barn bostadskarriärer. Bytte, sålde svart, drog i trådar, så som man skulle göra. Huruvida MK var inblandad ville jag helst inte tänka på.

"Vad är det egentligen du har emot Morbror Mårten? Han är ju en reko gammal stofil. Har flådigt kontor på Birger Jarlsgatan numera och sysslar bara med seriösa mäklartjänster."

Mäkleri var ett yrke som inte på något sätt lugnade mina nerver. Det klart att den gode Mårten slog sig på den mest inkomstbringande verksamheten av dem alla, där pengarna var mer än lättförtjänta. En smilande Mårten i välstruken kostym som talade sig varm för en lägenhet i innerstan som han inte visste et jota om, men kunde räkna med att de hugade spekulanterna svalde allt han berättade för dem utan urskillning. Tja, nu var det knappast Mårten själv som gav sig ut på fältet. Det lät han säkert yngre förmågor sköta medan han själv satt i bakgrunden och styrde det hela med van hand.

Hur som haver så hade jag inte hört någonting alls från Mårten. Inga propåer om att hjälpa till med saker, familjemedlemmar emellan. Inga utryckningar sent på kvällen till möten i skumma gränder, inget sådant. Kanske hade jag dömt honom för hårt. Det var nästan så att jag började bli smått nyfiken. Lagom till julstöket dristade jag mig så pass att jag inviterade Morbror Mårten med äkta hälft till Trettondagsmiddag. Barnen skulle vara hemma hos oss på besök och på sätt och vis var det dem som var mer bekanta med Mårten än jag själv. Tillställningen avlöpte som sig bör. Mårten Knutsson förde sig väl och verkade avnjuta släktens sällskap med genuin glädje. Den thailändska lilla frugan likaså. Framåt småtimmarna då jag och Mårten satt ensamma i gillestugan och avnjöt en åldrad konjak, kom så det som jag så länge hade fruktat.

"Du Lillen, det var egentligen en sak jag hade tänkt att du skulle kunna hjälpa mig med."

Jag kände hur pulsen började slå. Händerna letade efter saker att sysselsätta sig med, medan blicken flackade oroligt i den halvmörka källaren. Det fanns ingenstans att fly.

"Tjänster familjemedlemmar emellan, tänker du?"

"Ungefär så ja. Det är inget stort egentligen, bara något som skulle kunna passa dig och din kompetens."

Jag förstod nästan vartåt det lutade. Jag var jurist till professionen och verksam vid diverse tingsrätter runtom i distriktet. Nu var det äntligen dags för mig att leverera. Tankarna hade fler än en gång farit åt gamla maffiafilmer, där familjens consigliore stod för den juridiska biten av skumraskaffärerna. Fixa, trixa och skyla över. Nåväl, när allt kom omkring var jag inte alls främmande för uppgiften. De senaste åren hade jag nästan gått och längtat efter att något spännande skulle ske, något avgörande som fick mig att leva upp och känna mig vital igen. Jag skulle inte förhålla mig ängslig och inrutad längre, utan utföra Mårtens uppdrag som en hel karl. Inte som en släkting som betalade tillbaka en skuld, utan som en man som var en del av verkligheten och trivdes med det.

"Då lämnar jag portföljen med instruktionerna här i ditt förvar. Du får veta när det är dags att hämta varorna, så att säga."

Jag var en så kallad vilande en cell, så mycket visste jag. En enhet som skulle ligga i viloläge och handla på given signal. Det tog sin tid innan jag fick möjlighet att fullföra mitt uppdrag. Efter ett par års ivrig väntan gick jag med högburet huvud mot mötesplatsen där jag skulle motta ett paket för vidare befordran. Jag borstade bort dammet från axlarna och rätade på mig, sedan tryckte jag resolut på ringklockan.

Det var en klar vårdag med isande nordlig vind. En dag så god som en annan för att utföra ett viktigt uppdrag. Jag befann mig vid ån hemma i Siggerud och lät vinden föra Morbror Mårtens aska till den sista vilan. Något av stoftet hamnade på landbacken medan lejonparten sjönk till botten eller följde strömfåran ut mot Långsjön. Spridning av aska vind för våg utan speciellt tillstånd var strängeligen förbjudet och det var inte utan att jag kände ett visst mått av stolthet inför det faktum att Mårten Knutsson hade anförtrott mig ett så pass viktigt uppdrag. Trots sin status som framgångsrik företagare i huvudstaden, hade han valt enklast möjliga plats för sista vilan. Jag såg på Mårten som en gammal hedersman som nu förenades med Moder jord där han nu flöt fram genom sina älskade fiskevatten. Ständigt och för alltid denne Mårten Knutsson.

Folk som heter Gösta

Gösta hade ofta hört folk tala om dem, men själv hade han aldrig sett någonting. Inte minsta lilla spår. Därför var det ett stort ögonblick för Gösta när han en tisdagskväll i september lyfte blicken och märkte hur en tallriksformad, metalliknande tingest svävade över den lilla kyrkogården.

Gösta hade nyligen mist sin maka och den första tiden kändes det tryggt att tillbringa en timme eller två på den idylliskt belägna skogskyrkogården. Där kunde han på ett naturligt sätt sitta i ro och idka stillsam meditation, något som var nödvändigt för att bearbeta sorgen och saknaden efter sin livskamrat. På en bänk i skuggan av ett svalkande lönnträd gick tankarna lättare att tänka och hittade allt oftare vägen till alla de ljusa minnen och trevliga stunder de hade upplevt tillsammans.

Den här eftermiddagen skulle visa sig bli helt speciell och på sätt och vis avgörande för Göstas framtida status och leverne. Solen började så sakteliga sänka sig ned bakom trädkronorna och septemberluften påminde kropp och själ om att hösten var kommen en bra bit på väg. Gösta gjorde sig redo för att gå, men precis när han såg bort över gravarna och in mot tallskogen la han märke till något som han inte trodde var möjligt. Ett flygande tefat. Det stod blick stilla i några sekunder för att sedan ljudlöst sväva fram lågt över kyrkogården, bara ett par meter över de högsta gravstenarna. Gösta satt som fastklistrad vid bänken och betraktade det sällsamma skådespelet. Efter ett par minuter fick han se hur tefatet växlade tempo och snabbt försvann upp i himlen.

Det var nu Gösta begick sin generalblunder och därmed förseglade sin framtid till att mest av allt påminna om en enda lång och plågsam Golgata. I stället för att sitta stilla i båten och se tiden an, störtade Gösta redan påföljande morgon in på ett av Den Store Ledarens medborgarkontor med andan i halsen.

"Jag har sett det själv! Det finns tefat. Dom är överallt, till och med på kyrkogården. Det är sant!"

Sekreteraren på Medborgarkontoret lyssnade artigt på Göstas redogörelse, tog namn och adress och lovade att höra av sig så snart som möjligt. Det gjorde han naturligtvis inte. Gösta, som nu började se tefaten allt oftare, inte bara på kyrkogården utan lite överallt, gav inte upp. Han fortsatte att anmäla sig på Medborgarkontoret och upprepa sina historier.

Som om inte det vore nog, kontaktade han Bertil, han som skriver i tidningen.

"Det är sant, Bertil. Jag har dom på foto. Se här vilken fin bildserie jag har tagit. Det sitter till och med små gubbar inne i tefatets fönster och tittar ut! Gröna eller gråaktiga ser dom ut att vara."

"Tack ska du ha Gösta, jag tycker nog ändå att det ser ut som en slags väderballonger."

Till slut fick Gösta en skriftlig förklaring från Medborgarkontoret. Det rör sig om väderballonger, sa de. Ballongerna deltar i ett större klimatologiskt forskningsprojekt. Inget att fästa avseende vid.

Det var en förklaring som Gösta inte var särdeles nöjd med. Han fortsatte därför att uppvakta både Bertil och Medborgarkontoret, till bägges stora förtret.

Den Store Ledaren lade sin kala panna i så djupa veck han bara kunde.

"Vi måste göra något åt den här Gösta. Om han får hållas får snart var och varannan hederlig människa reda på hemligheten med de flygande tefaten. Det vore inte bra. Inte bra alls."

"Låt oss prata med Bertil", föreslog Ledarens assistent. "Han har redan gjort ett gott jobb med problemet Adolf. Att klara av en småhandlare som Gösta borde vara en enkel sak."

Bertil var allt annat än tillfreds. På sistone hade han fått svårare och svårare att hantera Göstas propåer. Fler och fler verkade också ha smittats av Göstas svammel och sade sig vilja ha svar på vad det egentligen var som flög omkring i luften. Väderballonger, hemliga försvarsövningar, ljusfenomen, hallucinationer. Förr eller senare skulle fasaden spricka. "Jag får helt enkelt kontakta Den Store Ledaren och lägga upp en slagplan."

Sagt och gjort. Bertil och Den Store Ledaren kontaktade varandra för att rådslå.

"Ledare, du som är så stor och vis. Säg mig, hur ska vi få bukt med den besvärlige Gösta?"

"Bertil, du är den klokaste av oss. Du har gjort ett behjärtansvärt arbete när det gäller Adolf. Nog kan du väl få till något liknande med Gösta?"

Saken var den att Adolf var den förste som hade börjat kverulera om tefatens närvaro. De måste bort, menade Adolf. Ögonaböj. De är inget att ha. Hans illvilliga pladder hade Bertil på ett resolut och framgångsrikt sätt avfärdat som ren, skir ondska. Därmed var Adolf neutraliserad och folk aktade sig noga för att hävda något som ens kunde komma i närheten av Adolfs påståenden. Men nu tycktes alltså Gösta kunna luckra upp jämvikten och i förlängningen sätta griller i huvudet på folk. Vad göra? Bertils plan var lika slug som genial. Tidigare hade han som regel ignorerat Gösta och till och med förnekat hans existens, det vill säga förklarat att det egentligen inte finns någon som tror på tefat, utom möjligen Adolf. Nu slog Bertil i stället på stora trumman och mittuppslag och förstasidor pryddes av Göstas till synes maligna och enfaldiga gubbansikte.

"Gösta tror också på tefat. Adolf och Gösta har sett tefat i samma park. Gösta är på pricken lik Adolf. Göstas påstådda fakta visar sig vara åsikter."

Bertil kryddar Göstas tvivelaktiga personlighet med epitet som fattig, lantlig, obildad, svårt att få fruntimmer. Något som oundvikligen kommer att leda till att varje medborgare med minsta strå av självaktning tar avstånd från Gösta och ser honom för vad han egentligen är. En gaphals som fått sina förvirrade vanföreställningar direkt från Adolf.

Så inträdde en lugn och segerrik tid både för Bertil och för Den Store Ledaren. Med jämna mellanrum satte de strålkastarljuset på Gösta, för att han skulle förbliva vid sin läst. Göstas stunder på kyrkogården tillsammans med sin döda maka blev så småningom det enda sällskap han fick möjlighet att avnjuta. Den siste vännen försvann efter att Bertil på ett ytterst slugt och grävande sätt hade luskat ut att vännen fortfarande hade mage att besöka Gösta efter mörkrets inbrott. I Bertils avslöjande artikel kunde man läsa allt om konfrontationen utanför Göstas bostad där vännen hade fotograferats med byxorna nere. Umgänget med den bannlyste Gösta bevisade att vännen också trodde på tefat.

Plötsligt kom så Den Store Ledaren på nya tankar. Det är något som utmärker just stora ledare, att de tänker stora tankar. Både gamla och nya sådana.

"För att kunna få hit fler flygande tefat, måste vi offentliggöra deras existens."

Bertil blev något konfunderad men räddes icke uppgiften. Han förklarade nu för kreti och pleti att tefaten faktiskt fanns i verkligheten och att de dessutom var goda och inkomstbringande. Varje tefat var att se som en ekonomisk vinst. Den Store Ledaren hade själv varit ute och flugit och funnit att luftrummet i stort sett var tomt. Här fanns det plats för ett oräkneligt antal tefat, visste Bertil att berätta. I framtiden ska vi få tillgång till obegränsade mängder tefat och därmed ovärderlig hjälp som kommer att göra oss ännu större och viktigare än vi redan är. På frågan om varför tefatens existens hade hållits hemlig, svarade Bertil att det hade varit en nödvändighet för att inte andra nationer skulle lägga beslag på våra värdefulla tefat. Konkurrensen på tefatsmarknaden är stenhård. Vi måste göra allt som står i vår makt för att locka tefaten till oss.

Gatorna blev med ens fulla av folk som manifesterade sitt stöd för tefaten. Ett par tefat flög också strax ovanför paraden med banderoller och slagfulla budskap.

"Vi finns!"

"We come in peace!"

Budskapen bet dessvärre inte på alla, utan gav i stället nationens gamle fiende Gösta vatten på sin kvarn. Nygamla vänner strömmade till och konstaterade att Gösta i själva verket inte var ett dugg lik Adolf, utan hade haft rätt hela tiden. Plötsligt såg Gösta riktigt pigg ut. Nu tog han sats och ville ha det till att tefaten inte alls var speciellt bra att ha alla gånger. Han menade på att tefaten mest drällde omkring i luftrummet utan att göra någon större nytta för sig. En del tefat sög till exempel upp plånböcker och smycken till tefatet med hjälp av en laserstråle. Någon hävdade att hans hustru Greta, också hade blivit uppförd till ett tefat, i vilket små gubbar hade utfört hemska experiment på henne. Tydligen var tefaten extra intresserade av få in folk som hette Greta i tefaten, hellre än dem som hette Gösta. Till på köpet, sa Gösta, finns det tefat som öppnar eld mot folkmassan eller dödsstörtar sig in i byggnader, i alla fall i utlandet. Sådana tefat vill vi inte ha här. Vi vill ha snälla tefat.

För Bertil gällde det bara att hålla sig till verkligheten. "Se här, nu hör ni att Gösta säger att tefaten är livsfarliga. Då ska jag visa er Göstas så kallade farliga tefat, nämligen Tefat X3754, som har ett allvarligt produktionsfel, som dock är korrigerat i nyare versioner. Sedan ska jag visa er att alla de andra 737 876 tefaten faktiskt är helt harmlösa och att de varje dag hjälper tusentals gamla gummor över gatan. Då förstår ni kanske att Gösta fortfarande är av samma skrot och korn som gamle galne Adolf."

Den Store Ledarens taktik, som gick ut på att locka stora mängder flygande tefat till landet, blev så framgångsrik att varje liten by kunde stoltsera med ett rikligt antal tefat både i luftrummet och på landbacken. Inget annat land kom i närheten av Den Store Ledarens kvantiteter. Till allas stora förvåning visade det sig att tefaten var ganska dyra att underhålla och inte alls så där inkomstbringande som Bertil och Den Store Ledaren hade lovat. Då visade det sig att Den Store Ledaren var kapabel att fatta ett nytt storstilat beslut, så som stora ledare brukar göra. Man skulle helt enkelt sluta med att invitera fler tefat. Nu var det stopp.

"Vad var det jag sa", utbrast Gösta och det var han inte ensam om. Folk som varken var fattiga, lågutbildade eller fysiskt oattraktiva strömmade till och menade att den hunsade Gösta faktiskt hade haft rätt hela tiden.

"Nu vill vi inte läsa din taskiga blaska längre, Bertil. Du och Den Store Ledaren är ju som Ler och Långhalm, som Knoll och Tott och Bill och Bull."

"Det gör mig ingenting", sa Bertil. "Hellre en liten upplaga som läses av folk som tänker rätt, än en stor upplaga som läses av folk som verkar heta Gösta, hela bunten."

Figuren Gösta ska här symbolisera den lilla människan, som har fått allt större problem i takt med att journalistiken och politiken blivit alltmer ovillig till att beskriva verkligheten på ett trovärdigt sätt.

<u>**Siaren**</u>

Jag föddes samma dag som Martin Luther King dog, den 4:e april 1968. Det sammanträffandet var naturligtvis bara en kuriositet, knappt värd att nämna. För mig blev det ändå en utmärkande egenskap som förföljde mig år efter år. Den 4:e april 1968 var ett datum som hade etsat sig fast i folks medvetande, på samma sätt som den 22:e november hade gjort fem år tidigare i Dallas. Varje gång vuxna människor frågade mig hur gammal jag var och när jag fyllde år, klingade det till i deras inre. De manade fram bilden av en medborgarrättskämpe som låg skjuten och död på en motellbalkong i Memphis. På det sättet blev jag Kingkillen. Han som föddes när Martin Luther King dog. Ett par timmar innan King fick släppa till livet, såg jag dagens ljus för första gången. Alla ville berätta samma historia om doktor Kings liv och död. Framför allt om hans död. Om och om igen, som om de inte begrep att jag hade hört den berättelsen till leda. Till slut började jag ljuga om mitt födelsedatum, med resultatet att min mamma förklarade för mig att det var fult att fara med osanning. Först på ett stillsamt och pedagogiskt sätt. Sedan med eftertryck. Vid sådana tillfällen drog jag mig undan för att tjura och slicka mina sår. Hur orättvist var det inte att behöva stå ut med föräldrarnas tjat och förmaningar som extra salt i såren? Enligt min mening hade jag bara använt mig av självförsvar för att komma undan nyfikna och otillbörliga frågor. Det var väl alla människors rätt. Barns också.

På den tiden var det inte lika vanligt att ett barn stod i centrum, annat än vid födelsedagar och jul. Något decennium senare skulle kärnfamiljen alltmer upplösas i ett sammelsurium av bonuspappor och plastsyskon. Men ännu var den vital och hade heller inte hunnit bli alltför välpolerad och överanalyserad. Dess gränser var flytande och kunde när som helst inkludera tillfälliga eller mer permanenta gäster. När jag tänker på det, kan jag bara minnas att jag var en i mängden av olika familjemedlemmar, vänner och mer avlägsna släktingar. Det fanns inte något speciellt fokus på min person. Utöver mitt födelsedatum, var det sällan någon som ville skrapa på ytan för att försöka få fram det som var speciellt för mig och min personlighet. Nog var jag väl en godiskille i alla fall? Precis som småungar i allmänhet. Ett busfrö, alltid med ena handen i kakburken.

Det första tecknet på att jag ändå var annorlunda, var när min mormor förklarade för sin dotter att jag hade en mer än frodig fantasi. Enligt henne kunde jag babbla i timmar om saker som jag teoretiskt sett inte borde veta något om. Oftast var det underhållande. Ett favoritämne hade tydligen varit rymdskepp. Jag kunde sitta och prata om olika besättningar som skulle komma att landa på månen. Lika ointressant som komiskt. I alla fall tills en del av babblet visade sig stämma överens med verkligheten i form av riktiga månlandningar. i likhet med de flesta andra mormödrar var min mormor både snäll och tålmodig. En gång blev hon ändå häpen. Det var när jag på ett naturtroget sätt beskrev hennes egen likfärd. Jag räknade upp vilka som hade behagat komma, det viktigaste i prästens tal och vad som serverades vid sammankomsten efteråt, bland annat Christmas pudding. Vad skulle det bli av ett barn som påvisade morbida talanger vid fyra års ålder? Mamma hade fått vänja sig vid mina påhitt, men var mest av allt oroad för att någon utomstående skulle ta dem på allvar och inte inse att det bara var ett barns oförståndiga pladder. Hon räknade med att det var ett beteende som skulle försvinna med tiden, så som det ofta var med barn och deras olater. Så skulle det förhoppningsvis också gå med förmågan att ljuga om mitt födelsedatum.

Morbror Owen var ingift i familjen. För drygt 25 år sedan hade han lagt beslag på min mors syster, Violet. Eller om det var tvärtom. Jag hade svårt att se den rundlagde morbror Owen som någon större kvinnoförförare där han satt i fåtöljen och försökte sträcka ut sina hopplöst korta ben. De åkte upp och ner från soffbordet i takt med Violets förehavanden i rummet intill. Owen visste mycket väl att det såg slafsigt ut att ha fötterna på bordet och hade därför lagt sig till med den goda vanan att vara ögontjänare. Lugnast så. För mig var morbror Owen en outsinlig källa till underhållning. Han var den slags gubbe som varvade medvetna lustifikationer med helt ofrivilliga tillkortakommanden. Sådana som han själv inte tänkte på att folk runtomkring honom lade märke till. För mig var det de sistnämnda som lockade. Hans fabricerade lustigheter hade jag som oftast hört förut, av någon annan gubbe eller mest troligt av honom själv. Hade jag tur somnade Owen i fåtöljen. Då visste jag också att hans snarkningar kunde ackompanjeras av ljudliga väderspänningar. Jag satt beredd med min bandspelare och väntade. Den hade inbyggd mikrofon och med hjälp av ett två gånger 45 minuters kassettband kunde jag roa mig kungligt. När jag väl hade fått med ett par ordentliga brakare på bandet, passade det utmärkt att spela upp hela serenaden för släkten när de samlades i stora salen för att dricka eftermiddagskaffe. Morbror Owen höll för öronen och menade att den som lät på det viset borde tvångsinterneras. Att det var han själv som var den skyldige ville han inte alls kännas vid.

I likhet med gubbar i allmänhet var Morbror Owen idrottsintresserad. Han lämnade in tipsrader och satsade på hästar. Vid sällsynta tillfällen vann han några dollars och mådde som en prins, även om hans spelande knappast gick ihop sig sett i ett större perspektiv. En gång satt han och filosoferade om Red Sox chanser mot Yankees. Då talade jag frankt om för honom att Yankees skulle vinna med nio mot två. Det trodde Owen inte mycket på. Han hade satsat en slant på Sox och tänkte hålla skenet uppe in i det sista. Han lovade dessutom att när Sox väl hade vunnit, skulle det firas med öl för honom själv och en ordentlig chokladbit till mig. Vid det tillfället var jag bara fem år och tog allt som folk sa på allvar. Eftersom jag var säker på att Owens tips inte skulle gå hem, förstod jag också att utsikterna för att få choklad var obefintliga. Därför blev jag allmänt högljudd och otröstlig. Yankees vann verkligen med nio två, men Owen fick klämma fram med den där chokladbiten i alla fall. Bara för att få mig att sluta böla.

Morbror Owen var så klart konfunderad över det inträffade. Hur kunde en femårig unge veta hur det skulle gå i en baseballmatch innan den ens hade börjat? Owen bestämde sig för att utföra ett experiment. I all hemlighet och utan stora förväntningar. Inför nästa match frågade han mig rent ut vad resultatet skulle bli. Jag svarade och Owen lufsade iväg för att lämna in sin kupong. Det blev stor succé. Owen hade tjänat trettio dollar och jag fick en väl tilltagen chokladbit, som naturligtvis inte fick visas för mor och moster. Det var vårt eget hemliga lilla företag. Nästa gång vågade Owen sig på en större satsning och kammade hem bortemot 100 dollar. Nu förstod Owen att han hade snubblat över något exotiskt, kanske till och med över en guldgruva. Hur det var möjligt hade han ingen aning om. Han insåg också att det inte skulle gå att upprätthålla förhållandet i evig tid. Om han utnyttjade mig som medium för att skaffa sig själv rikedom, skulle släkten förr eller senare höja på ögonbrynen. Han bestämde sig ändå för att göra en sista satsning. Det var på den tiden då man var tvungen att gå in i banken och ta ut reda pengar. Owen halade fram sin bankbok och förklarade för kassörskan att han skulle göra ett större uttag. Det rörde sig om 10 000 dollar. Det vill säga merparten av paret Trankley's besparingar. Kassörskan blev tvungen att gå in i valvet och hämta sedlar av större valörer. Dessutom fick en slags mellanchef signera. Det var rutin vid uttag av större belopp. Jag fullgjorde min del av avtalet och försåg Owen med ett resultat som skulle ge tjugotre gånger pengarna om det slog in. Owen satte på TV:n. Slog sig sedan ner i fåtöljen för att se slantarna rulla in. Själv var jag måttligt intresserad av baseball i den åldern. Jag satt på golvet och knaprade på en väl tilltagen chokladkaka som den segervisse Owen hade betalat ut i förskott. Där gällde samma regel för mig som för morbror Owen. Om någon släkting uppenbarade sig i dörröppningen för att förhöra sig om ställningen i matchen, åkte Owens fötter ner från bordet samtidigt som jag svepte chokladen under mattan. Jag kommer ihåg att det bildades ett tunt lager av damm på den delen av chokladen som var fuktig av saliv. Det såg äckligt ut och jag var tvungen att skrapa av dammpartiklarna med naglarna, vilket i förlängningen ledde till att jag kladdade ner allt möjligt som kom i min väg.

Till att börja med påminde Owen om en pösmunk. Han satt helt avslappnad i fåtöljen och lät sina knäppta händer vila fridfullt över den rundnätta magen. Förmodligen fantiserade han om en bungalow i Florida, med svalkande kvällspromenader på stranden och en eller annan bingoafton. Efter hand som slagomgångarna avlöste varandra, såg Owen alltmer bekymrad ut. Mitt förutspådda resultat verkade än så länge vara långt ifrån att realiseras.

"Du sa väl 13-12?"

"Ja! 13-12 blir det."

Till slut stod det klart att vårt lag inte skulle komma i närheten av några 13 poäng. Motståndarlaget hade för länge sen dragit ifrån och det var ingen tvekan om att vårt tips var på väg att ryka all världens väg. Owen sjönk allt längre ner i fåtöljen och verkade nästan bli ett med den, då hans gråa skjorta smälte samman med fåtöljens twilltyg. En knapp timme senare kom Violet och väckte honom ur sin dvala. När hon ledde ut honom vände han stelt på huvudet och gav mig en sista blick. Jag kommer inte håg om den uttryckte någon grad av ilska eller bara ren resignation. Jag satt på golvet och såg lycklig ut. Chokladfläckarna bredde ut sig runt munnen och kinderna. Kläder, matta och leksaker hade också fått sin beskärda del.

Owens och Violets sparkapital var puts väck och kom inte tillbaka. De avslutade sina dagar hemma i Vermont, där vår familj alltid hade bott. Vintrarna var som regel bistra, inte alls att jämföra med Florida där pensionärskollektivet vältrade sig i lyx, flärd och stekande solsken. Ett par dagar efter spelskandalen hade Owen repat sig en aning. Då var han stursk och ville gå till sin svägerska och säga ett sanningens ord om vilken ljugande liten illbatting hon hade närt vid sin barm. Vad det nu skulle tjäna till. Trodde han verkligen att mina föräldrar skulle kompensera honom? Teoretiskt sett hade han kanske en poäng. Tack vare att min far drev en liten byggfirma skulle han kanske kunna hosta upp ett par tusen dollar, på bekostnad av någonting annat så klart. Som väl var lyckades Violet få Owen tam igen. Hon ville inte att han skulle få chansen att skämma ut dem inför hela släkten. Tids nog skulle Owen få sitt. Violet kunde knappast vara försonlig och över-slätande i all evighet. Karlsloken hade ändå förslösat hela deras surt förvärvade sparkapital. Hur kunde idioten till karl tro att en femåring var kapabel att förutspå baseball-resultat? Det vore ungefär lika intelligent som att dra upp ett numrerat rutnät på en åker och låta en ko släppa ut det den hade i tarmen.

Episoden med morbror Owen gjorde intryck på mig. Jag insåg långt därinne i chokladdimmorna att han verkligen hade förväntat sig att jag skulle ha kunnat förutspå resultatet i matchen. Så varför ljög jag? Varför avslöjade jag inte det riktiga resultatet för honom nu när jag ändå fick choklad och allt? Sanningen låg någonstans i gränslandet mot Pavlovs hundar. Jag visste verkligen inte resultatet, men när Owen än en gång hade börjat prata om godis kunde jag inte låta bli att spela med. Blotta tanken på choklad fick det att vattnas i munnen på mig. Jag rönte dock inte samma öde som de stackars hundarna när Pavlov ringde i sin klocka. De fick ingen mat, eftersom Pavlov i sina vetenskapliga försök hade fått dem att dregla på given signal, oavsett om det fanns mat eller inte. Jag fick faktiskt min choklad, utan att ha presterat något som helst. Hur kunde jag då veta resultatet i de första matcherna? Sannolikheten för att pricka in det exakta resultatet i tre på varandra följande matcher var nära noll. 13-12 var egentligen ett väldigt ovanligt resultat, på gränsen till osannolikt. Hade morbror Owen varit av misstänksam natur, kunde han så klart ha anat oråd. Fast vid det laget var han redan så övertygad om att jag hade någon slags övernaturlig förmåga att han lugnt slog sig ner i fåtöljen med ett dollargrin på läpparna.

Från början förstod jag inte att jag var annorlunda. Jag trodde att alla var som jag. Därför kunde jag bli oerhört irriterad när någon jämnårig vägrade tro på mina förutsägelser. Eller någon vuxen också för den delen. Som regel ville de ha det till att jag bara ljög och hittade på. De visste inte att den kunskapen var medfödd för mig. Min älskade mormor dog när jag var sex år. Jag fick följa med på begravningen, trots att ingen förväntade sig att jag skulle kunna hålla mig stilla under hela akten. Jag behövde heller inte stylta omkring i kostym, slips och lågskor. Mamma drog i stället på mig bekväma klädesplagg. Propra, men praktiska och mörka förstås, sorgens färg. Jag registrerade att ceremonin följde samma mönster som jag hade förutspått den gången när jag var fyra år och hade berättat alltsamman för mormor. Det var för årstiden varm väderlek, men kraftig vind gjorde att begravningsgästerna skyndade sig in i kyrkan hellre än att stå utanför och småprata. Speciellt roligt för mig var att folks huvudbonader blåste av. Jag såg hur morbror Owen skyndade fram över kyrkogården på jakt efter Violets mörkgrå hatt. Hans kavaj flaxade i vinden där han kryssade fram mellan gravar och grusgångar. Precis när han böjde sig fram för att ta upp sin frus hatt föll hans egen av och jakten var i gång på nytt.

Efter begravningsakten samlades familjen i mormors hus. Dagarna efter hennes död hade släktingar och vänner på traditionellt vis kommit hem till min mamma och Violet med mat. De var ju de närmast sörjande. Ingen av den maten hade fått följa med hem till mormor. I stället hade mamma anlitat en cateringfirma. Det hade jag så klart vetat på förhand. Den gången jag fick min syn, hade jag också talat om för mormor att vi skulle äta massor av Christmas pudding. Det hade hon skrattat gott åt. Det var tradition i vår familj att förvalta det brittiska arvet genom att alltid ha Christmas pudding till jul, men att servera den vid en begravning blev bara för dumt. Det skulle ingen någonsin komma på att göra. Det som inträffade var att mormor blev allvarligt sjuk strax före jul. Därför blev julfirandet inte som det brukade. När det gällde puddingen, så förblev den stående i matkällaren för att i stället trollas fram vid begravningssammankomsten, ett par veckor senare.

För många barn i min ålder var barnkalasen otaliga. Man kunde bli inbjuden på alla möjliga meriter. Bekant till föräldrarna, gående i samma klass, boende i samma kvarter. Ja, allt möjligt förutom att man faktiskt också kunde ha lärt känna födelsedagsbarnet på egen hand. Vid ett tillfälle vägrade jag plötsligt att gå på ett kalas. Även om mina syner hade blivit allt ovanligare i takt med att jag blev äldre, såg jag nu i mitt inre vad som skulle utspela sig på kalaset. Där fanns en hund. En liten ettrig sak. En sådan som alla lät hållas, trots att den orsakade massor av oreda. När den började antasta mig ryggade jag tillbaka och försökte fösa undan den. Sedan sprang jag in i ett annat rum i hopp om att komma undan. Ingenting tycktes hjälpa. Till slut försvann den för egen maskin. Jag visste inte vart eller varför, men plötsligt var den borta och jag såg inte till den mer så länge kalaset varade. Inte långt efteråt omringades jag av några äldre tjejer. De förklarade för mig att jag var en liten marodör och att jag skulle få ordentligt med stryk. Både av dem och av mina föräldrar. Jag förstod inte alls vad de menade eller varför jag skulle få stryk. Ledaren i gänget puttade till mig och en av de andra puttade tillbaka mig. Så höll de på en stund tills jag tappade balansen och föll i golvet. Då sa ledaren till mig på skarpen.

"Du ska ge fan i att slå på djur. Den lille hunden hade inte gjort dig nåt. Vi såg hur du höll på med den."

Så gick de iväg. Senare fick jag veta att någon hade hittat hunden liggande med en skadad tass. Förmodligen hade den bara blivit klämd i en dörr. Det kunde också vara så att någon hade klämt den med vilje. Av den enkla anledningen ville jag inte gå på kalaset. Det vore idiotiskt att gå till ett ställe där jag på förhand visste att jag skulle bli falskt anklagad för att ha skadat en hund. En jävla skithund, till och med.

”Klart att du ska gå. Vad är det för dumheter? Nu får du bara komma med”, sa min mamma.

Jag satte mig ordentligt på tvären och stretade emot allt jag kunde. Mamma var oförstående och ville inte alls lyssna på det örat. Till slut gav jag upp, men hon fick nästan släpa mig ut ur huset. Förhoppningsvis skulle det gå att undvika hunden. Kanske hade jag ändå bara inbillat mig alltihopa. Det var i alla fall vad jag hoppades.

”Det kommer att bli jättetrevligt. Jag hämtar dig klockan fem.”

”Okej. Men det var inte jag som slog hunden. Kom ihåg det.”

"Vaddå för hund?"

På kalaset la jag med en gång märke till den lilla hunden. Min första reaktion var att försöka komma bort från den. Den svansade runt omkring barnen och nafsade och skällde. Jag antog att hunden skulle fatta intresse för någon annan om jag bara lyckades hålla mig undan. Det gick bra till en början, men sedan hittade den mig och allt som jag tidigare hade sett spelas upp i mitt inre, hände i verkligheten. När mamma hämtade mig var jag arg och uppriven. Tjejgänget hade skvallrat och ljugit för alla möjliga, trots att det inte var någon större fara med hunden.

Efter den händelsen förstod jag att mina syner verkligen var på allvar. De kom inte lika ofta längre, men när det väl hände så måste jag göra allt som stod i min makt för att undvika att råka illa ut. När jag var yngre kunde synerna visa i stort sett vad som helst. Numera verkade det som att de fungerade som varningar.

Nästa gång jag fick en syn, var när jag skulle byta skola. Det var inte tillräckligt med barn i en av skolorna i staden. Storleken på klasserna hade decimerats. Därför skulle en del klasser från min skola splittras och fördelas på klasserna i den andra skolan. I mitt inre såg jag nu tydligt framför mig hur de nya klasskamraterna la märke mitt intressanta födelsedatum. Något som gjorde att jag också begåvades med öknamnet King. Lille svarte King, till och med. Jag såg framför mig hur jag sprang kryss och tvärs över skolgården och var arg som ett bi. Jag var minsann ingen liten skojig negerpojke som hette King. Det skulle de bittert få erfara. Den förste jag kom ifatt gav jag en ordentlig magsug så att han föll ihop. Näste man brottade jag ner och tvingade att smaka på grus. Det hela slutade med att jag blev utskälld och hemskickad. Öknamnet blev jag aldrig av med. I stället fick jag ta mig igenom de följande åren som Lille svarte King, klassens lågstatuskille nummer ett.

Nu hade jag lärt min läxa. Hur mycket mina föräldrar än försökte övertala mig, vägrade jag. De skulle aldrig kunna tvinga mig att gå i en klass där jag med all säkerhet skulle bli utmobbad. Efter flera veckors strider gick mamma och pappa till slut med på att tala med skolledningen. Jag vet inte vad de hittade på som ursäkt, men förmodligen var de ansvariga vana vid elever och föräldrar med speciella krav. Efter symboliska protester gick skolledningen i alla fall med på att placera mig i en annan klass, fast på samma skola. Jag var tydligen en känslig ung man och de ville naturligtvis mitt bästa. När jag fick beskedet satte jag mig ner och andades ut. Det kom inga oroväckande känslor eller nya syner. Jag kände bara ett behagligt lugn och fick äntligen en hel natts underbar sömn.

Första tiden i den nya skolan var helt normal. Jag fick bra kompisar och läraren verkade inte lägga märke till mig.

Det ska inte förstås som att jag blev åsidosatt på något sätt. För många elever var det en målsättning att inte få ögonen på sig. Att finnas till, men inte synas. Det var det ideala. De duktiga och pratglada flickorna fick gärna ha läraren alldeles för sig själv. Det var dem väl förunnat. På en samhällskunskapslektion en bit in i terminen drabbades Calvin av en Lidnersk knäpp. Hans ormbo till hjärna satte plötsligt samman en medborgarrättskämpes dödsdag med sin klasskamrats födelsedag. Anledningen till att han kom ihåg när jag fyllde år, måste ha varit att han faktiskt hade varit en av gästerna på mitt födelsedagskalas. Hur mycket jag nu än ångrade att jag hade bjudit honom. På rasten kunde han självklart inte låta bli att trumpeta ut nyheten till allt och alla. Lille svarte King. Hade jag kanske något nytt tal på gång? Hade jag verkligen tid att gå i skolan, med tanke på alla mina åtaganden där nere i Södern? Jag blev helt ifrån mig. Inte så mycket på grund av Calvins påhopp, utan för att klassbytet inte hade hjälpt. Var det så illa att mina syner inte kunde hjälpa mig minsta lilla? Om jag försökte komma undan, fick jag kanske bara en kortare tids andrum innan ödet oundvikligen hann i fatt mig. Jag sa ingenting, utan lät Calvin hållas. Kakofonin av medlöpare som också ville göra sig lustiga brydde jag mig heller inte om. Kanske skulle de tröttna efter ett tag. Så var inte fallet. De fortsatte oförtrutet med sina gliringar. Dag efter dag. Jag blev allt mer missmodig. Till slut kunde jag inte hålla tillbaka ilskan. Precis som i min syn, märkte jag hur jag rusade över skolgården. Den gången var det inte Calvin som var målet, men nu var det var honom jag kom ifatt. Jag visste att förste man skulle ha ett ordentligt slag i magen så att han tappade andan och föll ihop. Näste man, Thomas, fick tugga på skolgårdsgrus, efter att först ha slängt ner honom i marken och satt mig på hans rygg.

Efter förrättat verk reste jag mig upp och gick in i klassrummet. Det kändes tungt. Jag satt där ensam och väntade på att det skulle ringa in till nästa lektion. Jag tänkte att jag snart skulle få mitt straff och att öknamnet Lille svarte King skulle förfölja mig i all framtid. I synen, flera månader tidigare, hade jag redan samma dag blivit ordentligt åthutad. Dessutom blev jag hemskickad med löfte om att få träffa skolpsykologen. Han som hade förmågan att korrigera barns aggressiva beteenden. Till min förvåning hände det faktiskt ingenting i verkligheten. Allt var som vanligt. När jag kom hem visade ingen av mina föräldrar tecken på att de hade konfronterats av skolpersonal. Dagen efter var Calvin, Thomas och alla de andra tysta som möss. Det enda häpnadsväckande som inträffade var att en kille i parallellklassen, Wayne, kom fram till mig. Han dunkade mig i ryggen och sa att det var bra gjort att sätta de där snorungarna på plats. Han hade själv retat sig på dem hur länge som helst. Jag var verkligen King, sa han. Alltså en king. I betydelsen kung. Det som jag befarade skulle bli mitt öknamn hade förvandlats till ett smeknamn och jag blev hastigt och lustigt klassens mest respektingivande person. Att det var Wayne som hade kommit fram och velat vara kompis med mig, var också något förvånande. Det var nämligen han som hade haft Calvins roll i min syn. Den gången var det alltså Wayne som hade fått den där magsugen och blivit liggande på skolgården. I stället för att bli min plågoande, blev han nu min bäste kompis. Skillnaden mellan vän och fiende är ofta en tunn tråd.

Allteftersom åren gick förstod jag att jag måste vara synsk. Klärvoajant. En person som kan uppfatta saker som de vanliga sinnena inte klarar. Det kändes tryggt på något sätt. Att bli placerad i ett fack och att kunna jobba utifrån det. Synerna kom inte så ofta som när jag var barn. Numera verkade det som att det krävdes ordentlig koncentration för att få fram något brukbart. Ett annat problem var att min klärvoajans var selektiv. Jag kunde inte se vad som låg i en stängd skrivbordslåda. Jag kunde sällan säga någonting speciellt om en person som jag aldrig hade träffat förr. Jag kunde heller inte se vad andra personer gjorde just nu, någon helt annanstans. Det enda jag egentligen kunde förutse var saker som gällde mig själv. Och det var heller inte helt konsekvent. Synerna kom när jag ställdes inför något avgörande val i livet. Men bara ibland. Någon gång kändes det som att synerna inte gav mig någonting. Andra gånger var jag evigt tacksam. Jag hade också tänkt tillbaka på episoden med morbror Owen. Där jag på sätt och vis hade lurat honom till att sätta sin familjs sparkapital på spel. Mer än en gång hade jag stått med en spelkupong i handen utan att varken ha känt eller sett någonting. Jag hade också försökt mig på aktiehandel, utan någon större framgång. Kanske var det så att min förmåga var moralisk. Att klärvoajansens etik inte tillät att de som hade förmågan tog moraliskt förkastliga genvägar. Som att försöka tillskansa sig lättförtjänta pengar. Sådant kunde fort leda till lättja och undergräva en i grunden sund själ.

Jag vet inte om det berodde på incidenten med morbror Owen. I alla fall föll det sig så att jag blev intresserad av baseball. Jag spelade en hel del när jag var liten. Både i skolan och på fritiden. Jag var inte direkt någon stjärna. Bara en sådan som tyckte det var kul att vara med. Som vuxen gick jag på minst en match varje säsong och jag hade ganska god koll på både grundomgångarna och World Series. Trots att jag relativt tidigt lämnade hembygden bakom mig, var kärleken till hemmalaget svår att tvätta bort. Red Sox var alltid nummer ett för mig. Jag kan inte påstå att jag någonsin var en fanatiker. Det bara var så att jag var ett Red Sox-fan. Ett i mängden.

En jul fick jag en Red Sox-bok i present. Det gavs ständigt ut otaliga publikationer om speciella spelare, epoker och all möjlig nyttig och onyttig statistik. Boken jag fick koncentrerade sig på 70-talet. Framför allt succéåret 1975 då Sox så försmädligt förlorade mot Cincinnati Reds i sjunde och avgörande matchen i World Series. Den julen då jag fick boken tillbringade jag och min fru i vår fjällstuga i Colorado. Vår äldsta dotter var bara ett halvt år gammal och det var alltid lika svårt att få henne att somna. Därför hade vi anpassat oss till en helt igenom oregelbunden dygnsrytm. Speciellt när vi var lediga. En kväll satt jag uppe och läste trots att klockan redan hade passerat midnatt. Soxboken var den perfekta presenten för mig. Jag älskade att drömma mig tillbaka till den gamla goda tiden. 1975 var jag precis i rätt ålder för att engagera mig i ett baseballags öden och äventyr. Jag kom mycket väl ihåg den sjätte matchen från World Series det året. Carlton Fisk gjorde sin legendariska homerun och säkrade delsegern för Sox. Något som också bidrog till att just den matchen räknades som en av tidernas bästa. Synd bara att de inte nådde ända fram i den avgörande matchen. Jag läste boken från pärm till pärm. I kapitlet som rörde säsongen -73, fäste jag ögonen på tre speciella resultat. 9-2, 10-8, 7-3. Det nämndes bara som hastigast. I ett par meningar. Sedan gick texten över till att beskriva någonting helt annat. De tre segrarna hade kommit på bortaplan. Efter varandra. Hur det hade gått i eventuella hemmamatcher däremellan, förtäljde inte historien. Jag förstod direkt att de tre resultaten var desamma som jag hade försett morbror Owen med. Den gången hemma i Vermont för 25 år sedan. Jag hade aldrig tänkt på resultaten förut. Det hade väl heller inte funnits någon anledning. Jag var bara fem år då och var ännu inte överdrivet intresserad av idrott, men nu skulle jag definitivt komma ihåg dem så länge jag levde och var någorlunda klar i huvudet. Det var dock något som fattades. Det fjärde och avgörande resultatet, det som hade fått morbror Owen på fall. Vilken match var det? Det hade jag ingen aning om, och inget av resultaten som nämndes i boken kändes bekant. Jag var inte ens säker på att det var en Red Sox-match som Owen hade satsat på.

Den fjärde matchen var och förblev en gåta ända tills jag flera år senare lärde känna Maurice.

*

Det var kanske ingen slump att jag hade pratat om rymdfärder som barn, eftersom jag i vuxen ålder satsade på en karriär som astronaut. Det var en av de svåraste vägarna att gå, men jag var envis och målmedveten som få. När jag fick veta att jag var en av de sju som skulle utgöra besättningen på rymdfärjan Columbias tjugoåttonde färd, uteblev glädjen. Jag såg med en gång att färjan skulle sprängas i bitar direkt efter återinträdet i jordatmosfären. Jag förutsåg också att jag själv aldrig skulle släppas i närheten av färjan när det väl blev dags för uppskjutning. Trots den vetskapen tackade jag ja till uppdraget. Så mycket visste jag om framtiden att den faktiskt kunde påverkas och att allt inte gick att förutspå. Jag hade sett det ske flera gånger förut. När jag var liten hade jag sett hur en pilgrimsfalk satte klorna i en mindre och långsammare fågel. Bara för att utmana ödet stod jag beredd med en sten och lyckade störa falken så pass att den missade sitt byte med en hårsmån. Genom att tacka ja till uppdraget trodde jag i min enfald att jag skulle kunna påverka projektet till att läggas ner. På utsidan hade jag inte kunnat göra någonting. Nu skulle jag i alla fall få chansen att förhindra en katastrof. Så blev det nu inte. Så fort jag började predika om faror och fel blev jag inföst till en psykolog. Det var en standardprocedur som hade med säkerhet att göra. Det fick inte förekomma störande personlighetsdrag eller plötsligt ändrat beteende hos en besättningsmedlem. Det var av största vikt att den som gav sig ut på rymdfärder var i god form, annars skulle de övrigas säkerhet äventyras. Efter ett par dagars diskussioner avpolletterades jag helt enkelt. Jag befanns vara alltför negativt inställd till projektet som sådant. De ska ändå ha all ära av att de tog mina farhågor på allvar. De kontrollerade verkligen bränsletankens isoleringsskikt, men fann inget anmärkningsvärt att notera. Det var inte första gången en besättningsmedlem bröt ihop och fick ersättas. Det var en rutinsak, men en viktig sådan.

Efter Columbias krasch och besättningens oundvikliga död ansåg jag mig klar med NASA. Mina karriärdrömmar var över. Så småningom fick jag jobb som ingenjör på Boeing i Denver. Det var en del av landet som jag älskade. Berg och snö hade alltid varit min grej och påminde en del om barndomen i New England. Efter ett tiotal år avled min hustru i cancer. Då var båda våra döttrar redan utflugna och studerade på skilda håll i landet. Jag befann mig alltså ensam i ett stort hus utan någon klar plan för framtiden. Det var nu jag fick tid till att gräva djupare i mysteriet med min talang. Det var som att något drev mig till att göra det. I brist på annan sysselsättning kanske. Ingenjörsjobbet var givande, men inte så intressant att jag såg något speciellt karriärrace framför mig. Det var mer ett sätt att försörja sig. Sökandet efter en lösning på gåtan hade många upp- och nedturer, även om jag hade viss hjälp av min förmåga.

Jag kunde omöjligt vara ensam. Det måste finnas fler som jag. Jag kunde inte veta det säkert. Det var mer en inre känsla. Kanske en längtan efter gemenskap. Varje gång jag såg en film där någon hade använt en tidsmaskin och rest tillbaka i tiden, tänkte jag på min egen situation.

Filmkaraktärerna var alltid medvetna om att de hade blivit skickade tillbaka i tiden. Jag var inte medveten, så tidsreseteorin gick förmodligen inte att applicera på mig. Eller om det i själva verket var så att alla blev tillbakaskickade och att vi levde i ett slags evigt kretslopp, som reinkarnation, fast annorlunda. I så fall satt vi alla i samma båt, även om de flesta inte var medvetna om det. Det lät ändå osannolikt. I filmerna var de tillbakaresande alltid rädda att träffa på sig själva. Så var det inte för mig. Jag ville i så fall tro på att vi var ett begränsat antal som hade fått förmånen att bli kastade tillbaka. Tidsresa eller inte. Klärvoajanta eller inte. Jag var inte alls säker.

Längtan efter gemenskap var ständigt närvarande. Jag antog att det var samma sak som att leva i ett främmande land där man inte förstod språket. Där man fick traggla sig fram med teckenspråk och enstaka ord och fraser. Att då plötsligt träffa på en landsman och återigen få tala sitt eget språk och att obehindrat kunna uttrycka sina känslor och meningar, skulle ha oproportionellt stort värde. Det var ungefär så jag kände det då. Tänk att kunna berätta om mina upplevelser för någon annan människa. Någon som förstod och kunde sätta sig in i min situation. Förhoppningsvis skulle vi kunna jämföra våra erfarenheter och kanske komma till större klarhet om varför just vi hade begåvats med unika egenskaper.

En annan orsak till att jag hade på känn att vi var flera, var att jag hade lagt märke till en person i mina syner. En som emellanåt uppenbarade sig i samband med att jag hade en vision. Jag såg en ljus kvinna med smalt ansikte. Hon såg ut att vara i yngre medelåldern. Det lilla jag kunde uppfatta av kroppen tydde också på att hon var oproportionerligt tunt byggd, nästan på ett androgynt sätt. Avståndet mellan axlarna var betydligt mindre än på vanliga människor. Håret låg med sidbena och såg onaturligt platt ut.

Det gav nästan intryck av att vara syntetiskt. Från början hade jag inte reflekterat över hennes närvaro. Sensationen av visionerna stal all uppmärksamhet. Det var först på senare år som jag blev medveten om hennes existens. Jag visste dock inte vem hon var, eller om hon ens var verklig. Det vill säga om hon fanns till och levde ute i den verkliga världen. Kanske var hon bara en figur som min hjärna producerade, men i så fall förstod jag inte varför hon återkom med ojämna mellanrum. De senaste gångerna hade jag lagt märke till att kvinnans klädedräkt inte var exakt densamma från gång till gång. Jag tog det som ett tecken på att hon var verklig och inte produkt av fantasin.

En självklar källa till information borde vara ett vanligt bibliotek. Jag visste var jag skulle leta och gick därför direkt till hylla 130 – Parapsykologi och ockultism. Där fanns meter efter meter av publikationer. "Europas ledande parapsykologer sammanfattar sina erfarenheter". "Healing och biomagnetism". "Utanför kroppen-upplevelser i en annan dimension". Och så vidare. Jag började plöja och gräva. Det var intressant. Jag fastnade lätt i författarnas självupplevda redogörelser för mer eller mindre fantasifulla händelser. Det jag egentligen letade efter var någon som liknade mig själv. Knappast till utseendet, men som hade upplevt något som påminde om det jag hade gått igenom. Till slut såg det faktiskt ut som att jag hade träffat mitt i prick. Författarinnan till boken hade dock inte alls samma fokus som jag. För mig hade synerna alltid stått i centrum. För Mrs X var det helt annorlunda. Egentligen hade hon ett namn, men jag kallade henne så, Mrs X. En kvinna med högburet huvud som från omslagets baksida mötte läsaren med ett varmt men något distanserat leende. Mrs X berättade om sin förmåga att vara ett med skapelsen. Hur hon genom meditation nådde inre frid och fick energierna att strömma på ett sätt som gjorde det möjligt för henne att se den rätta vägen för henne själv och sitt liv. Hennes ambition var att dela med sig av sina kunskaper till läsaren. För den som var hågad fanns det också möjlighet att delta i något av hennes seminarier. Det avslöjade egentligen inte så väldigt mycket. Hon kunde vara vem som helst i mängden av förkunnare. Det som fick mig att höja på ögonbrynen var hennes målande beskrivning av vägledaren. Hon beskrev en ljus kvinnogestalt med smalt ansikte och tunna lemmar. Det var fråga om ett högre väsen som vägledde Mrs X genom livets svåra skeden. Hon såg den smala kvinnan som sin edsvurne tvillingsjäl. En god kraft i ett oöverskådligt kosmos som personifierade sig i form av en kvinna med någorlunda jordiskt utseende. För mig var kvinnan något helt annat. Egentligen mest av allt en gåta. Jag hade aldrig tänkt tanken att det kunde vara hon som producerade mina visioner. Jag såg henne mer som en biprodukt av dem. Och var det egentligen inte så att en vägledare skulle vara personlig? Kunde det då vara rimligt att jag och Mrs X höll oss med samma vägledare? Så var det nu inte, förklarade Mrs X för mig då vi till slut träffades. Flera personer kunde absolut ha samma vägledare, men min vägledare och hennes, var inte samma person. Jag var fortfarande en sökare som ännu inte hade förmågan att komma i kontakt med mitt inre och de eventuella vägledare som kunde dölja sig där.

När jag läste om Mrs X med den smala väglederskan, blev jag exalterad. Vid 45 års ålder skulle jag äntligen få möjlighet att träffa någon som hade samma erfarenheter som jag. Jag tog kontakt via hennes hemsida. Där fanns ingen mailadress, men i gengäld ett kontaktformulär. Jag räknade med att hon, liksom jag, skulle vilja träffas så fort som möjligt. Så var inte fallet. Det kom inget svar. Inte ens efter ett flertal påminnelser. Jag övervägde möjligheten för att det kunde vara något tekniskt fel på hemsidan. Eller att Mrs X var alltför stressad för att läsa mail. Jag antog att hon var strängt upptagen med att undervisa och vägleda alla dem som köpte hennes böcker och gick på hennes kurser. Mrs X fanns heller inte att finna i telefonkatalogen. Jag insåg att enda möjligheten skulle vara att gå på en öppen föreläsning. Hon hade regelbundet sådana. De var avgiftsbelagda och varade inte speciellt länge. Mrs X skulle besöka Denver redan nästa månad. Det kunde absolut passa mig.

Seansen ägde rum i en hyrd konferenslokal på ett av de större hotellen. Lokalen var avdelad med skiljeväggar för att anpassas efter antalet deltagare. Något som också gav rummet större intimitet. Medan besökarna bänkade sig hördes stämningsfull musik från högtalarna. Jag antog att avsikten var att få folk avslappnade och mottagliga för det Mrs X hade att berätta. Hon anlände sist av alla. När hon äntrade scenen ändrades musikens tonart från susande brus till pulserande dunk. Det var ingen tvekan om att Mrs X var en stjärna. Hennes föreläsning rörde sig också en hel del i kosmos och rymden. Hon levererade en målande beskrivning av sitt livs vandring. Från ignorant till medveten och numera upplyst. Fast det var ingalunda slutstationen. Det fanns ett högre plan dit Mrs X hade långt gångna planer på att ta sig. Efter sessionen fanns det möjlighet till handhälsning. Det såg också ut som att Mrs X hade tid till att byta tre-fyra ord med var och en som vågade sig fram.

"Du har nog läst mina mail. Det är jag som också brukar se den smala kvinnan."

"Ja, det är det många som gör", sa Mrs X lugnt. Nu kändes det som att tiden stod stilla. Fanns det verkligen så många? Var vi tusenden?

"Har du en speciell grupp bara för oss? Vi som har sett den smala kvinnan?"

"Det finns plats för alla", sa Mrs X diplomatiskt. "Du måste komma till min kursgård. Här, ta en broschyr!"

Det hela var över på några sekunder. Mrs X var redan i färd med att skaka hand med näste kvinna i kön. Jag förstod att hon förmodligen inte hade haft en aning om vad jag pratade om. Hon var inne i en marknadsföringsbubbla och räknade knappast med att träffa en eventuell själsfrände i ett sådant sammanhang.

Jag anmälde mig till enveckaskursen. Även en så pass kort kurs grävde ett relativt stort hål i plånboken. Det fick det vara värt. Jag såg ingen annan möjlighet till att få ordentlig kontakt med Mrs X. Maten på kursgården var faktiskt god. Sund, men förvånansvärt välsmakande. Så var det heller inte kost och diet som var kursens huvud-tema. Andlig utveckling skulle mycket väl kunna ske med pommes frites och pizza. I slutänden var det ändå det personliga engagemanget som fällde avgörandet. Kursen omfattade ett flertal olika teman. Föreläsningar varvades med gruppövningar och seanser. En favorit var mans-modulen. Momentet där de få manliga kursdeltagarna fick möjlighet att utforska sin eventuella levande maskulinitet, kunde jag dock ha klarat mig utan. Det mest intressanta var kanske ändå när vi fick möjlighet att slappna av så mycket att vi kunde utsättas för kinesiologisk terapi. Det vill säga sambandet mellan energi och muskulär rörelse-förmåga. Momentet gick ut på att terapeuten ställde en fråga och överlät till kroppen att svara. Om objektet till exempel önskade svar på om han var på rätt väg i livet, skulle hans handflata ligga vriden åt vänster efter att terapeuten hade böjt armen bakåt och sedan släppt ner den i golvet. Om han inte var på rätt väg låg handen åt höger. Det hela var bara möjligt så länge objektet var så pass avslappnat att hans undermedvetna kunde ge nödvändiga signaler till musklerna och på så sätt besvara frågan och därmed placera handen i rätt läge. Själv blev jag aldrig tillräckligt avslappnad utan fick agera åskådare.

För mig skulle kursens höjdpunkt bli den privata sejouren med Mrs X. Alla fick möjlighet till en sådan. Det var en hel timmes genomgång av min personlighet och mina eventuella mål för utveckling. Mrs X satt behagligt ned-sjunken i en soffa. Hon nickade åt mig att slå mig ner i andra änden. Jag gissade att Mrs X var ungefär i min egen ålder. Hon hade pageklippt brunt hår och indiskret sminkning. Den korta kroppen var i stort sett rak och platt. En löst sittande klänning dolde kanske det faktum att hon bar på ett par extra kilon. Hon var alltså inte direkt någon skönhet. Det var dock något som talade till hennes fördel, eftersom rollen som guru ställde krav på aura och utstrålning framför yta. Det gav kursdeltagaren bättre möjlighet att fokusera på det som var relevant. Mitt mål med seansen var så klart att leda in samtalet på den smala kvinnan och min förmåga att se in i framtiden. Mrs X var först inte alls med på noterna. I stället verkade hon följa ett förutbestämt schema där det inte fanns utrymme för fantasifigurer. Jag gav inte upp utan började beskriva hur den smala kvinnan ibland, men långt i från alltid, uppen-barade sig som en suddig figur, någonstans i bakgrunden, när jag fick en syn. Nu märkte jag att Mrs X kom ur kurs. Det kunde bero på att hon äntligen såg mig som den jag var. En av samma skrot och korn som hon själv. Det verkade i alla fall som att hon lade standardprotokollet åt sidan för en stund. Hon förklarade för mig att den smala kvinnan inte var min vägledare. Hon var bara en produkt av min fantasi. Genom ytterligare träning skulle jag mycket väl kunna bli i stånd att komma i kontakt med min, eller mina, äkta vägledare. Jag var mer än välkommen att delta i fler kurser, och så vidare. Mina trevare om att mina egna syner verkade stämma överens med hennes egna erfarenheter, och att vi två kanske delade en och samma förmåga, resulterade bara i ett förmätet leende och en högtravande kommentar.

"Du är ännu i din linda, men jag tror att du har stora möjligheter att komma en bit på väg. Ge inte upp!"

Jag insåg att det inte fanns mer för mig att hämta hos Mrs X och reste mig för att gå, trots att tiden inte var ute. Strax innan jag la handen på dörrhandtaget kom hon ändå med en sista släng.

"Hur gammal var du när synerna blev färre?"

Det verkade som att Mrs X ändå inte hade kunnat lägga band på sig. Det var uppenbart för mig att hon hade avslöjat sig genom att ställa en sådan fråga. Hon hade nog tyglat sin nyfikenhet genom att upprätthålla hårda gränser. Allt för att inte röja sin verkliga identitet. Den identitet som för mig innebar att hon knappast var den högt uppsatta gurun Mrs X, utan bara en opportunist som förmodligen inte visste mer än jag. Med samma sorts syner och samma smala kvinna som hon låtsades vara hennes personlige vägledare. Kanske hade hon rätt i att den smala var en vägledare, men i så fall var hon min vägledare också.

Jag hade varit naiv. En lättlurad romantiker som såg det goda i varje människa. Som om jag inte visste att det lurade en orm i varje paradis. I en av min frus favoritböcker hade vampyren Louis närt samma längtan efter gemenskap som jag. I åratal levde han som ensam i sitt slag och livnärde sig på blod från smådjur. Allt för att inte komma i konflikt med omgivningen och sitt eget samvete. Intet ont anande fick han så småningom kontakt med den betydligt äldre herr Lestat. En vampyr som var lika slug och opportunistisk som Louis var rättrådig och osjälvisk. Jag insåg nu det uppenbara. Förekomsten av en gemensam egenskap behövde inte betyda någonting. Två helt olika personligheter fördes inte närmare varandra bara för att de hade en enda sak gemensam bland tusentals andra. Möjligheten fanns, men i det här fallet var det inte så. Mrs X skulle inte kunna hjälpa mig det minsta lilla. Hon såg mig bara som en i mängden av mjölkkor. Sådana som skulle skvätta fram sedlar och oinskränkt beundran.

*

Efter debaclet med Mrs X blev jag självfallet des-illusionerad. Likt ett skadskjutet rådjur drog jag mig tillbaka för att slicka såren. När jag träffade Maurice första gången var vi båda i 50-årsåldern. Då hade han varit på väg nedåt ett tag. Befann sig på livets skuggsida, så att säga. Efter en framgångsrik karriär hade han plötsligt tappat sugen. Sedan gick förfallet fort. Han hade fått gå från hus och hem och familjen hade splittrats. Exfrun tog med sig barnen och han såg allt mindre av dem. Det var förståeligt. De ville sannolikt inte ha en sorts luffare till far. Efter ett tag hade han ändå repat sig så pass att han kunde ha fast bostad med internetuppkoppling. Fast det var inte på det sättet han hade kommit i kontakt med likasinnade. Det hade han gjort långt innan han hamnade på dekis. Vi var alltså flera, hävdade Maurice. Han verkade imponerad min research rörande Mrs X, men han hade själv aldrig träffat henne. Maurice ville aldrig ge mig någon möjlighet att kontakta de andra. Förmodligen var han besviken på dem. Han delgav mig bara fragment av deras personlig-heter och förehavanden och det var sällan fråga om några positiva omdömen. Kanske var det bara jag som hade haft ork nog att förhålla mig till Maurice stundtals komplicerade personlighet. Men för mig var det absolut ingen uppoffring att umgås med honom. Jag upplevde honom som en rakt igenom ärlig och schysst person. Den sorten som man både kunde diskutera livets fram- och baksidor med.

Maurice hade redan från början följt sina syner. Han hade med en gång förstått att det inte var hokus-pokus, utan något som var reellt och som gick att dra nytta av. Därför blev det enkelt för honom att skaffa sig bra utbildning, goda inkomster, ändamålsenlig bostad, vacker fru och välskapta barn. Mitt uppe i livet hade krisen kommit. Plötsligt upplevde han att han stod och stampade på samma fläck. Han nådde inte de stora höjderna. Visionerna kom inte på beställning och när han tog egna initiativ ville det inte sig riktigt. Viljan att gå framåt ersattes av en insikt om att det var synerna, och inte hans egen förmåga, som hade tagit honom dit han var. Utan hjälp av synerna skulle han kanske bara ha varit en medelmåttig löneslav. I bästa fall. För Maurice stod tiden stilla ett tag. Alltför länge, skulle det visa sig. Fru och barn försvann. Huset såldes. Tillgångarna som fanns kvar decimerades i takt med tiden. Maurice gick i den klassiska fälla där alkoholen spelade huvudrollen. Han tyckte väl att det värmde när det blåste snålt utanför husknuten. Så länge han hade ett hus att bo i, vill säga.

När jag lärde känna Maurice bodde han i närheten av Twin Cities. Det var inte längre bort än att jag utan besvär kunde ta en helgtur och hälsa på honom när andan föll på. Vid sådana tillfällen bodde jag oftast på hotell eftersom hans lilla krypin passade dåligt för övernattande gäster. De sista åren innan han dog bodde han dock i ett litet hus nära Forest Lake. Det var den bästa tiden för vår vänskap. Av naturliga skäl. Det lilla kyffet inne i staden bjöd inte på samma möjligheter till avslappnade samtal framför en sprakande kamin. I stället blev det ofta att vi drog oss mot någon pub eller restaurang, vilket egentligen inte var lämpliga miljöer för Maurice med tanke på hans förhållande till alkohol. Huset vid Forest Lake var inte direkt någon herrgård, men ändå ett robust och välhållet tvåvåningshus som var byggt i gammal god bondestil. Förmodligen hade det stått där helt sedan den tiden då de första nybyggarna hade kommit till trakten och slagit sig ner på den bördiga åkerjorden runt sjön. Marken var avstyckad och såld sedan länge, men det fanns fortfarande både lada och uthus i brukbart skick. Maurice hade inte lagt ner sin själ i att inreda huset. Han levde ett spartanskt ungkarlsliv. Oftast sov han i kökssoffan, nära vedspisen. Inte direkt för att han ville spara in uppvärmningskostnaden, utan för att det var praktiskt. När jag var på besök kunde vi sitta uppe på småtimmarna och prata. Jag tog en och annan Whiskey eller Slammer, medan Maurice höll sig till alkoholfria alternativ. Mellan varven kunde det passa att ta turen ner till bryggan för att se om stören slog. Något som kunde vara av betydelse för om vi skulle låta bli att gå och lägga oss och i stället ge oss ut i båten när gryningen kom.

Det som förde oss samman var utan tvekan det faktum att vi hade gemensamma erfarenheter. Visionerna hade på sätt och vis tagit knäcken på Maurice. Sannolikheten var stor för att han skulle ha klarat sig betydligt bättre utan dem. Till att börja med levde han ett exemplariskt liv, som vem som helst kunde imponeras och inspireras av. En snabb vandring från bättre arbetarklass till övre medelklass med eget företag och allt som hör därtill. Sedan ett tragiskt decennium i samhällets bottenskikt. De senaste åren däremot, var hans absolut bästa, hävdade han själv. Jag var något mer skeptisk. Hans utsagor gjorde gällande att han numera levde i frid med sig själv och Moder jord och därför upplevde att han var en lyckligare och mer harmonisk person nu än under sin framgångsperiod. Det såg jag som ett slags självbedrägeri. Jag argumenterade för att han undertryckte sin sanna personlighet genom att låtsas att han var tillfreds med att vara overksam och leva spartanskt. Att ligga på soffan och syna taket gjorde ingen människa glad i det långa loppet. Min gamla käpphäst var att de som levde som honom, egentligen var hopplöst oföretagsamma individer som inte hade valt ett sådant liv, utan av naturliga orsaker blev kvar där de var. De stod och stampade på samma fläck utan att få något gjort. År efter år, kanske hela livet, alltmedan omvärlden förändrades i ett rasande tempo. Snack om att vara ett med naturen eller att ha som målsättning att tära så litet som möjligt på jordens knappa resurser, såg jag som dimridåer. Utlagda för att dölja det pinsamma faktum att man var lat och inkompetent. Maurice bara log åt mina försök att spela djävulens advokat. Han var säker på sig själv och sina målsättningar i livet. Att bo i skogen, vid en sjö, gav honom inre frid och ett par hundra kilo giftfri potatis. Det räckte för honom och bevisade dessutom att han inte var overksam.

Vår vänskap blev så djup att vi kunde tala om det mesta, och det gjorde vi också. Ändå var det så klart ofrånkomligt att vår gemensamma historia gjorde sig påmind med ojämna mellanrum. Vi jämförde förstås våra upplevelser. Om och om igen. Vi spekulerade i vad som var meningen med alltihopa. Varför just vi två hade fått unika förmågor.

Maurice var övertygad om att vi inte alls var klärvoajanta. I stället menade han att både han och jag hade levt samma liv i samma tid en gång förut, om inte flera. Argumentationen för det sistnämnda var, enligt Maurice, att varje gång vi tog ett annorlunda val, fick vi ändå nya visioner efter att det valet var taget. Om vi bara hade levt ett enda liv, så borde vi också bara ha fått en enda syn. Sedan skulle det vara slut, eftersom vi då gick in i en ny kedja av händelser där ingenting var känt sedan tidigare. Därför måste vi ha levt ett oräkneligt antal tidigare liv. Vi var alltså inne i ett evigt kretslopp där vi levde om våra liv gång på gång. Det var ett ekorrhjul som snurrade oupphörligt utan möjlighet för oss att komma ut. Därför, menade Maurice, var det bästa vi kunde göra att ignorera synerna och ta så få val som möjligt. När han stod i begrepp att flytta till huset vid Forest Lake hade det inte kommit någon syn och det hade inte kommit några nya syner i fortsättningen heller. Det tog Maurice som ett tecken på att det var första gången under alla sina tidigare liv som han hade tagit just det valet. Maurice var äntligen fri. Han hade funnit receptet på hur man tog sig ur ekorrhjulet. Så hade jag aldrig sett på saken, men jag medgav att han hade en poäng i sitt resonemang. I alla fall så länge som han satt stilla ute i skogen och vägrade att ta några avgörande val. Om han aldrig utmanade ödet skulle han kanske få leva i frid under återstoden av sitt liv. Det skulle väl visa sig. Även om vi fick nya syner efter att ha tagit ett nytt val, så trodde jag inte att vi hade levt flera liv, eller att vi kunde ta oss ur något imaginärt ekorrhjul. Jag såg det i så fall som att vår förmåga var generell, inte absolut. Om jag skulle förlita mig på Maurice teori, trodde jag mer på att vi hade levt våra liv förut och därför generellt kunde se vad som var bra eller dåligt för oss eftersom vi rörde oss i samma verklighet som vi hade varit i en gång tidigare. Personlighet var en sak som var svår att ändra på. Därför borde vi ideligen dra oss i samma riktning som vi hade gjort i ett tidigare liv. Därför kom vi ständigt in i ungefär samma banor och verklighet som förra gången vi levde. Bara lite annorlunda. Och bättre. När det gällde Morbror Owen och baseballresultaten måste det alltså ha varit på det sättet att anledningen till att jag bara kunde pricka in tre av fyra resultat, var att det sista resultatet inte var omnämnt i boken jag hade läst som vuxen och att jag därför aldrig hade känt till det när jag började leva om mitt liv på nytt.

Varje gång vi kom in på ämnet De andra, ville Maurice byta samtalsämne. I värsta fall blev han ordentligt irriterad och satte sig med ryggen mot både mig och brasan och verkade sluta in sig i ett skal. Maurice hade lämnat allt det där bakom sig medan jag just hade börjat gräva i ett digert material.

"Dom andra, dom ska du hålla dig borta från. Prästen är okej, men dom andra två är inte att leka med. Hänsynslösa och skulle inte tveka att utnyttja dig."

"Vad skulle dom kunna använda mig till? Använde dom dig till något?"

"Man kan självklart använda sig av sin förmåga till både goda och onda ändamål."

"Och dom fick dig att göra saker som gav dig dåligt samvete?"

"Dom lurade mig, det är allt. Det är inget jag vill prata om."

Till slut gav Maurice bräckliga kropp upp. Han hade varit illa däran en längre tid, men hade mirakulöst nog klarat sig. Gång på gång, men nu var det slut. Begravningen var en sorglig historia, som sig bör. Det var alltid extra tragiskt med folk som hade levt i ensamhet. Maurice två barn och före detta fru var där, men utöver det var det inte så många fler. Ett par affärsbekanta och en urgammal moster. Och så jag. Exfrun hade ordnat en ceremoni i ett litet kapell som låg i anslutning till en större kyrkogård. Hon hade vänligt men bestämt tackat nej till mitt erbjudande om att bidra ekonomiskt till begravningen. Maurice hade inte lämnat många nickel efter sig, det var sant. Men han var ändå en i familjen, hennes barns far till och med. De var alla måna om att ge honom ett värdigt sista farväl. De såg först med skepsis på mig, men när jag berättade att jag hade varit Maurice sanne vän under en hel del år, mjuknade de upp och visade ett uppriktigt intresse av att få veta mer om hur livet hade farit fram med honom. Det var svårt för mig att komma med någon riktigt nyttig information. Jag kände att jag idylliserade verkligheten en hel del redan när jag började berätta om hans hyrda lantegendom. Beskrivningen av hur Maurice uppskattade naturen och ensligheten uppe vid Forest Lake kanske inte helt uppvägde det faktum att barnen faktiskt själva hade varit där i samband med bouppteckningen och kanske sett en annan sida av deras fars spartanska bostad, långt där uppe i skogen.

"Hur lärde ni två känna varandra?" undrade exfrun. "Var ni skolkamrater?"

"Nej. Inte precis. Vi hade gemensamma intressen kanske man skulle kunna säga."

"Potatisodling och isfiske?"

"Inte direkt, nej. Det låg mer på det filosofiska planet, fast det vore inte rätt mot Maurice att nämna så mycket om det. Det var något som han inte ville dela med andra."

Exfrun slätade ut leendet och hela ansiktet såg ut att fastna i en mer än bekymrad min.

"Pratade han om hallucinationer?"

"Ja, fast vi kallade det syner. Eller visioner."

"Du vet kanske hur det är med alkoholister. Delirium. Dom hittar på och får vanföreställningar. Det var det som tog knäcken på vårt familjeliv."

"Men han fick ju visionerna långt innan han började dricka."

"Hönan eller ägget", sa exfrun kort. Sedan tackade hon för min medverkan och drog sig bort mot den väntande bilen.

Jag stod kvar och kände mig konfunderad. För mig var det svårt att tro att exfrun hade någon poäng i att Maurice skulle ha kunnat inbilla sig alltihopa. Förmodligen var det hennes sätt att få en naturlig förklaring på Maurice övernaturliga förmåga. Så måste det vara. Saknaden efter Maurice var stor och det grämde mig att han så resolut hade vägrat ge ifrån sig någon användbar information om de andra. Han hade nämnt Prästen. En okej kille som ville väl och drog sig ur medan tid var. Sedan var det en man och en kvinna som han heller aldrig nämnde vid namn, men jag förstod så mycket som att det var de som var kärnan till problemet. Att de sysslade med ljusskygg verksamhet, kanske i skydd av en mer välpolerad yta. Beskrivningarna Maurice hade gett mig var inte till stor nytta, men jag kände att jag skulle bli tvungen att göra mitt bästa för att söka upp dem, en efter en, annars skulle jag aldrig få frid i sinnet. Det var som att gåtan om vår speciella gåva hade blivit ett kall för mig. Jag visste ungefär hur jag skulle gå till väga.

En kuriositet som jag också upptäckte under tiden jag umgicks med Maurice, var att vi hade samma födelsedag. Samma år och samma dag. På min fråga om Maurice också hade fått slita med ett öknamn som hade samband med skotten i Memphis, nickade han igenkännande.

"Jag gav dom på käften, tills dom slutade. Som tur var, var jag storväxt som barn."

"Dom andra. Är dom också födda samma dag som vi?"

"Vi brukade alltid försöka träffas i anslutning till våra födelsedagar. Så länge vi stod på god fot, vill säga."

"Så vi är alla exakt lika gamla och har exakt samma förmåga?"

"Ungefär så ja. Gud vet varför."

Jag utgick från att det skulle vara enklast att börja med Prästen. Enligt Maurice utsago var han den minst opålitlige av dem och sannolikt också den som skulle bli lättast att finna. Hur många präster kunde det finnas som var födda på exakt samma datum?

Det var inga problem att få fram en lista på folk som var födda den 4 april 1968 via nätet. Värre var att luska ut om några om av dem var präster. Jag kontaktade diverse trossällskap, men det var inte många av dem som var pigga på att lämna ut information om sina anställda till kreti och pleti. Jag fick helt enkelt förlita mig på min medfödda förmåga. Kanske hade jag gått den här vägen förut, försökt hitta Prästen och misslyckats. Då borde jag veta hur jag inte skulle bete mig den här gången. Jag sorterade upp de manliga namnen efter geografisk hemvist och försökte koncentrera mig. Det gick oväntat trögt. Jag kände ingen dragning åt något håll. Fungerade inte min förmåga på den här typen av problem, eller fanns prästen inte ens med i urvalet? Jag sneglade ner på dagens tidning som låg uppslagen på sportsidorna. I nedre hörnet tog allmänna inrikes nyheter vid. Ögonen fastnade på en minimal notis om en lokal förmåga som hade gjort karriär inom den katolska kyrkan. Han hade tydligen gått och vunnit kardinalsvalet, vad det nu kunde innebära. Det spelade mindre roll eftersom jag visste att jag hade funnit min man.

*

Villeneuves förmåga hade givit honom en lätt resa genom livet. Han hade redan som ung betraktat synerna som uppenbarelser. Den första han mindes skedde i kyrkan. Hans föräldrar var genomsnittsreligiösa och tog emellanåt med honom till mässan hemma i Montreal. En gång när Pierre satt i kyrkan fick han en vision om att bli präst. Han lyfte blicken upp mot altaret och såg sig själv i prästens ställe. Han stod där framme. Tjugo år äldre, med skägg, prästmantel och mörk, mässande röst. Synen ingav honom välbehag. Han kände att det var ett tecken från Gud om att hans väg var utstakad. Lille Pierre, sex och ett halvt år gammal, skulle viga sitt liv åt vår herre och såg fram emot det med tillförsikt och äkta glädje.

Villeneuve hade vigt sig till katolsk präst och tjänstgjort ett antal år i hemförsamlingen i Montreal. Precis så som hans uppenbarelse hade förutsagt. Sedan hade han sökt och accepterat en tjänst i Colorado. Också detta ett val som hade initierats av en vision. Och det var inte bara löftet om en ordinär tjänst som själasörjare som lockade. Antalet amerikanska katoliker ökade stadigt på grund av det stora inflödet av människor från Mellan-Amerika med katolsk bakgrund. Det hade därför uppstått generell brist på katolska präster. Villeneuve hade dock ställt siktet högre. Biskopsvalet. Han hade sett det själv i en syn. Hur han fick flest röster och installerades som biskop för Colorado Springs-distriktet. Nästa anhalt kunde bli ärkebiskops-titeln för Denver. Det skulle inte dröja alltför många år innan den nuvarande ärkebiskopen pensionerades. Nästa anhalt kunde vara en kardinalsutnämning. Det var ett långsiktigt mål som skulle vara utomordentligt svårt att nå. Men Villeneuve visste att han hade både ambition och stort nog kontaktnät för att kunna nå hela vägen och vinna Påvens och hans ämbetsmäns gillande. Det var inte något han hade sett i en vision. Inte ännu i alla fall. Det var något som han själv ville, så pass ambitiös var han. Förmodligen var det sådan han var beskaffad. Dessutom kunde han luta sig mot sina uppenbarelser som bevis för att han hade stöd ovanifrån. Som kardinal skulle vägen ligga öppen för ännu större utmaningar. Kanske kunde det leda ända till Rom, i en eller annan form.

Villeneuves ämbete som katolsk präst föreskrev ett liv i celibat. Många var dem som hade varit kallade, men som inte hade klarat av att fullfölja påbudet. Fresterskor såväl som korgossar hade plötsligt stått i prästernas väg och lockat dem att följa den onde. I många fall hade de mest troligt handlat helt på egen hand utan hjälp av någon högre kraft. Villeneuve var inte en av dem. Han tillhörde inte de förfallnas skara. Han var manlig och såg bra ut med sitt mörka hår och välansade skägg. Den svaga franska brytningen gjorde förmodligen också sitt till. Det fanns kvinnor som både en och två gånger hade strukit honom på armen och kommit med förtäckta förslag på till synes oskyldig rådgivning. Villeneuve såg det från den skämtsamma sidan. Prövningar från Gud, ungefär. Sådant som alla stiliga män i uniform fick utstå. Det var en del av yrket. För kvinnorna var det säkert också en extra krydda att försöka få till något som var förbjudet. Även om Villeneuves karriärambitioner kom i första rummet tog han sig tid till umgänge. Mest inom kyrkans värld förstås, men han hade också andra vänner. Sport roade honom. Det blev ofta football- och baseballmatcher. Dessutom försökte han själv vara aktiv och spela racket-ball regelbundet.

På sätt och vis hade Stacey kommit in i Villeneuves liv som en av de kvinnor som försökte lägga an på honom. Hon hade gjort det med glimten i ögat. Hon visste mycket väl att det inte var tillåtet. Dessutom hade hon egentligen ett helt annat ärende. Hon hade läst om Fader Villeneuve i sin fasters kopia av församlingsbladet. I en öppenhjärtig intervju beskrev han sin tro och hur den hade påverkat hans val i livet. Fader Villeneuve beskrev ingående hur Gud hade hjälpt honom på traven, både med yrkesvalet och bostadsort. Det var verkligen något som intresserade Stacey. Hon visste precis vad han talade om. Hon log för sig själv. Den stilige Fader Villeneuve tolkade sina visioner som tecken från Gud. Ja, varför inte. Så kunde det kanske vara för den som var troende. Alla gjorde så klart sina egna tolkningar och valde den som passade bäst. För Stacey var synerna klärvoajans. Hon var inte den grubblande typen, utan ville framåt. Kosta vad det kosta ville. Skämt åsido. Visst fanns det gränser, men hon hade alltid gjort sitt bästa för att dra nytta av synerna, utan att stanna upp en enda sekund och fundera på livets gåtor. Stacey hade sökt upp Villeneuve på expeditionen under förevändning att hon ville prata om sin faster, som Villeneuve mycket väl kände till. Större än så var inte församlingen. I stället hade Stacey gått rakt på sak. Hon förklarade för Villeneuve att hon också hade blivit välsignad av Gud.

"Någonting säger mig att du har läst artikeln i församlingsbladet", svarade Villeneuve och såg på henne med ett smil på läpparna. Han visste inte varför den unga, snygga tjejen hade sökt upp honom. Hon var smal, något över medellängd. Halvmörkt självlockigt hår som räckte ner till axlarna. Ung och ung förresten. Hon var förmodligen inte så många år yngre än honom själv. Bara mer välbehållen. En annan detalj var ögonen, som hade en något ovanlig färg. Ljust grå. Isgrå, tänkte han. Inte iskalla ögon som speglade en likadan själ. Bara en ovanlig färg. Han undvek att låta blicken fästa sig på hennes ögon. Det var varken lämpligt eller önskvärt.

"Vi borde träffas!" Stacey la huvudet på sned och log brett, samtidigt som hon såg hur Villeneuve skruvade på sig i sin stol bakom skrivbordet. Hon antog att det var en instinktiv reaktion. Prästens naturliga förberedelse till försvar mot det som kunde hota livet i celibat.

"Jag förstår mycket väl att du inte umgås med damer på tu man hand och det är faktiskt inte så jag menar heller. Tro det eller ej. Vi brukar träffas några stycken. Bara för att umgås. Snacka om gemensamma erfarenheter och så."

"Jag är ju ganska upptagen med allt det kyrkliga och dessutom är det inte lämpligt att umgås med församlingsmedlemmar så utan vidare. Ingen illa ment."

"Det vore i så fall inte något problem, eftersom jag inte är medlem i din församling. Inte de andra heller. Det är bara min gamla faster som är medlem och hon är garanterat helt ofarlig."

Villeneuve drog på smilbanden och konstaterade att hon hade helt rätt. "Men jag vet ändå inte om jag har så mycket att bidra med. Det du beskriver låter som en slags förmåga att se in i framtiden. För mig handlar det i stället om att lyssna till i vilken riktning Gud vill att jag ska gå. Jag kan se att vi har gemensamma beröringspunkter, men det känns ändå som att vi talar om väsensskilda saker."

"Vi talar garanterat om samma saker. Det kan jag lova dig. Du har bara inte öppnat dina ögon utan sitter fast i ett ensidigt fokuserande på himmel och Gud. Jag kan slå vad om att du aldrig har hört honom säga något som helst till dig. Jag tror inte att någon har talat till dig. Den enda person du eventuellt har sett är en kvinna. En ljus kvinna med platt hår. Är det inte så?"

Villeneuve skruvade på sig än mer. Han var medveten om att det var hans sätt att ge utlopp för nervositet. Visst stämde det som kvinnan framför honom satt och sa. Till punkt och pricka, men det var inte hans sak att lägga sig platt inför ett sådant faktum. Omständigheterna gjorde inte det lämpligt. Dessutom var det en tolkningsfråga.

"Jag ska tänka på det du har sagt, men jag kan inte lova något. Vilka är dom andra i ditt sällskap förresten. Hur många är ni?"

"Det är bara Wax och Maurice. Två helt okej killar faktiskt. Du kommer att gilla dom."

*

Det var verkligen ett sammanträffande att Prästen som jag hade lagt ner ett flertal månader på att spåra, numera bodde i min hemstad, Denver. Det var här han utövade sitt ärkebiskopsämbete. Vad han tänkte ta sig för i egenskap av kardinal visste jag inget om. En annan intressant detalj var att det inte var första gången jag hörde talas om Villeneuve. Jag hade till och med träffat honom.

Min fru, Trish hade varit katolik och varken hon eller hennes familj kunde tänka sig något annat än ett ordentligt katolskt bröllop. Eftersom jag inte var döpt i den katolska läran fick Trish söka dispens för att ingå äktenskap med en sådan som jag. Bröllopet gick av stapeln i Trish hemstad, Colorado Springs. Vigsel-förrättaren var fransk-kanadensare och hette Villeneuve. Han var i vår egen ålder och skulle visst vara något helt speciellt. Ärlig, deltagande och dedikerad till sitt ämbete. Allt sådant. Han spåddes en lysande framtid inom det kyrkliga, vad det nu kunde innebära. I ett förberedande möte frågade han inte bara om jag såg för mig att uppfostra våra barn som goda katoliker, utan också hur vi två hade träffats. Han såg märkbart intresserad ut när jag halvt på skämt förklarade att det på sätt och vis var kärlek vid första ögonkastet eftersom jag hade sett mig och Trish tillsammans långt in i framtiden redan första gången jag mötte henne. Romantiskt, hade han sagt, med eftertryck. Själv brukade han också se saker, men det hade så klart att göra med hans yrke. Präster i allmänhet trodde väl sig få syner och meddelanden uppifrån titt som tätt.

Jag lyckades boka in ett möte med Villeneuve, trots att han var en mycket upptagen man. Kombinationen vigselförrättare och änkling visade sig fungera utmärkt som förevändning för att få audiens hos en färsk kardinal. Medan jag satt i väntrummet i domkyrkoadministrations-byggnaden funderade jag på om han skulle känna igen mig, eller om han till och med hade förutsett min ankomst. Förmodligen hade han helt andra fokus och slösade inte bort sin förmåga på en trivial person som mig. Villeneuve verkade erinra sig både mig och Trish och beklagade det som hade skett. Han utgick från att jag behövde några ord på vägen för att orka gå vidare. Det höll jag i och för sig med om, men när jag la fram mitt egentliga ärende, blev han som förväntat tagen på sängen.

"Jag var vän till Maurice."

"Ja?"

"Maurice. Maurice som du brukade umgås med för några år sen. Jag kände honom mycket väl. Han talade inte så mycket om dig, men han nämnde dig då och då."

Villenueve skruvade på sig, förmodligen av olust. Jag såg hur svetten plötsligt pärlade sig i pannan. Det var uppenbart att mitt besök hade rubbat hans cirklar på ett oväntat sätt.

"Jösses, ursäkta, vad är det jag säger, den där gamla historien, ja och Maurice. Det var tragiskt alltihopa. Jag har inte träffat honom på många år. Hur är det med honom?"

"Han är död, dessvärre. Han gick hårt åt flaskan och även om han höll sig nykter de sista åren orkade inte hjärtat mer."

"Det smärtar mig att höra. Han var en god själ."

"Jag har samma förmåga som du. Jag är en av er."

"Ja, jag förstår. Det finns så klart fler. Vi visste aldrig hur många. Det kunde vi omöjligt veta."

"Hur många vet du om?"

"Du, jag, Maurice, Stacey och Wax. Det är allt vi vet, men det kan finnas fler. Både här och i andra länder. Man får bara be en stilla bön om att de använder sina förmågor i det godas tjänst."

"Jag kan trösta dig med att jag inte gör någon större nytta över huvud taget. Varken gott eller ont. Jag hoppas bara att du kan hjälpa mig på traven med att få reda på mer om vår förmåga. Varför vi har fått den."

"Ja, det kan hända att jag vet en del och om jag bara hade tid skulle jag gärna prata lite längre med dig, men du vet allt det här med kardinalsvalet."

"Och om du kunde ge mig tips om hur jag hittar de andra."

"Aj-aj. Det vill jag helst inte göra. Jag har träffat dom lika lite som Maurice på senare år, men när allt kommer omkring är det kanske bäst att jag försöker övertala dig att låta bli. Jag ska försöka ta mig lite tid med dig. Det får räknas som ett slags själasörjande det också."

Eftersom vi bodde i samma stad var det en enkel sak att få till ett par sammankomster. Vi träffades på ett vanligt kafè i närheten av domkyrkocentret. Det fanns mycket att tala om så kvällarna blev som regel sena. Villeneuve som vid vårt första möte hade varit aningen motsträvig tog nu på sig uppgiften att försöka vägleda mig. Och, inte minst, att få mig att avstå från min mission om att avslöja hemligheten med vår förmåga.

"Det är med vår förmåga som med religionen. Gud ger människan möjligheten att följa Hans väg och nå frid och glädje. Vi har fått en slags förmåga som det är upp till oss själva att ta vara på. Varken Gud, religionen eller vår unika förmåga går att greppa och förstå fullt ut. Därför är den bästa vägen att bara följa med och acceptera livet som det är. Att inte ställa alltför komplicerade spörsmål. Förmodligen är det inte meningen att vi ska förstå allt."

"Det kan du ha rätt i, men jag tror inte jag kommer till att ge mig förrän jag har gjort mitt bästa för att förstå, åtminstone lite."

"Jag känner igen det resonemanget från dom andra. Ingen av dom verkade förstå när tillräckligt var nog. Den där ambitionen som inte gick att stoppa förrän de rusade rakt in i väggen."

"Som när du själv siktar mot Rom?"

"Kanske, men jag har samtidigt insett att det finns en gräns någonstans. Jag känner också att jag vill förkovra mig, men jag tar det steg för steg. Jag kan inte tänka mig att jag blir något högre än kardinal och det måste jag vara mer än tillfreds med."

"Berätta mer om dom andra."

"Jag blir väl så illa tvungen, men det är en lång historia."

*

Villeneuve hade till att börja med sett Stacey och hennes anhang som sökare. Sådana som det fanns tusentals och miljoner av. Själv var han den katolska läran trogen. Visst fanns det rum för tolkningar, men han ville i så fall tolka Staceys uppenbarelser som kristendom, hellre än att decimera sina egna upplevelser till hokus-pokus, New age, eller vad det nu kunde vara som Stacey och hennes grupp ägnade sig åt. Det var bara det här med den ljusa kvinnan. Visst hade han sett henne emellanåt och det klart att han hade funderat över vad som var hennes funktion. Det var egentligen inte så viktigt. Hur Gud valde att kommunicera var inget han behövde grubbla över. Huvudsaken var att budskapet nådde fram. Kvinnan var antagligen bara en kugge i ett större sammanhang. I och för sig en viktig sådan. Det var ändå intressant att både han och Stacey var medvetna om hennes existens. Villeneuve var tvungen att erkänna för sig själv att hon ändå hade tänt en gnista av intresse. Vilka var de egentligen, Stacey och hennes grupp? Redan veckan efter mötet på pastorsexpeditionen satt Villeneuve och tummade på visitkortet som Stacey hade lämnat kvar. Kanske kunde han ge dem andlig vägledning, hjälpa dem att tolka deras syner. Det skulle vara ofarligt att höra av sig. Och enkelt. Bara att skicka ett mail. Och lika enkelt att dra sig ur. Bara vara med en enda gång och sedan backa. Det var viktigt att ha ryggen fri, speciellt för den som var nyfiken. Medan han funderade fick han upp en syn som visade ett spektakulärt hus vid havet, inne bland sanddynerna. Han kunde inte riktigt avgöra om det verkade lockande eller farofyllt.

Maurice bodde i Milwaukee. Stacey var uppväxt i Colorado, men bodde i New York. Wax kom ursprungligen från Tampa, men hängde oftast ihop med Stacey. De var inte ett par, inte ens kompanjoner. Det verkade mer som att Wax inte hade något speciellt för sig. Som regel träffades gruppen på Cape Cod, långt ut på udden. Det var varken en praktisk eller strategisk plats, speciellt inte för Villeneuve som hade ett par timmars flygresa plus transfer. Varför i hela världen hade han låtit lura sig till att åka ända hit, tänkte han första gången han for. När han hade gått ur taxin ställde han sig och såg på havet. Bukten kantades av till synes öde sandstränder som löpte i en vid båge hela vägen in mot fastlandet. Han måste medge att det var vackert. Ödsligt och vilt på något sätt, trots att området som oftast kryllade av sommargäster och turister. Bara ett par kilometer åt andra hållet, på den andra sidan av den smala udden, bredde Atlanten ut sig i all sin oändlighet. Han hade sett det från taxin och tänkt att bara den synen faktiskt var värd hela den långa resan.

Stacey hade kommit över ett designerhus ute bland sanddynerna. Gigantiska fönster i stället för väggar. Snedtak och ett väl tilltaget trädäck med utsikt mot bukten. Kök och vardagsrum låg i öppen lösning på nedervåningen och sovrummen en trappa upp. Villeneuve var en främmande fågel. Han förstod att Stacey tjänade pengar, eller i varje fall hade pengar. Då hon hade besökt honom hemma i Colorado hade hennes klädstil inte antytt något annat än att hon var en fräsch jeanstjej med obestämbart yrke. Tydligen skulle han bli tvungen att tänka om.

Det märktes att Maurice och Wax var hemmastadda. Wax hade ockuperat soffan. Han snarare låg i den än satt. Maurice stod vid biljardbordet med en cigarett i mungipan. Han gick av och an runt bordet och måttade med kön. Före varje stöt askade han i en halvdrucken kaffekopp som på ett oroväckande sätt balanserade längst ut på bordets ena hörn. Uppenbarligen hade han ingen motspelare och verkade trivas med det.

Stacey tog emot Villeneuve med en kindkyss.

"Så kul att du kunde komma!"

"Roligt att vara här, faktiskt. Det är första gången. New York var så långt österut jag hade varit förut."

Villeneuve kände sig lite lätt nervös över situationen. Han hade åkt dit på vinst och förlust och visste inte hur han skulle bli emottagen. Stacey var inget problem, men de andra. Vilka var de egentligen och ville de verkligen träffa honom? Maurice var fortfarande strängt upptagen med sitt pool-spelande och Wax halvlåg orörlig i soffan.

Så satte Maurice äntligen åttan i vänstra sidohålet och gav till ett tjut av glädje. Sedan lät han cigarettstumpen försvinna ner i koppen och gick med bestämda steg fram till Villeneuve, tog honom i hand och la ena armen om hans axel.

"Välkommen hit! Jag har sett fram emot det här i flera månader. Ända sen Stacey sa att hon hade träffat dig hemma i Colorado. Vi tre har suttit här och gaggat i hur många år som helst nu. Vi behöver verkligen lite nytt blod."

"Jag hoppas att jag inte gör er besvikna. Det är inget speciellt med mig. Förutom att jag är präst då. Jag antar att ni har helt andra yrken."

"Vi är inte präster, nej. Det kan man lugnt säga."

Wax hade kommit på fötter och även han välkomnade Villeneuve och försäkrade honom att han säkert skulle ha massor att bidra med. Wax gav Villeneuve en enkel gin och tonic.

"Tycker du inte om den så fixar jag en ny. Vad som helst. Vi har allt du kan tänka dig."

"Tack. Det går bra."

Wax gjorde en gest mot en av fåtöljerna och Villeneuve slog sig ner med sin drink. Framför honom stod Stacey, Wax och Maurice uppradade och verkade betrakta honom. Förväntansfullt, ungefär som konfirmander, tänkte han. Även om åldern inte stämde alls. De var i 40-årsåldern alla tre. Ungefär som han själv alltså. Stacey kunde vara något yngre, men de båda männen borde ha passerat de fyrtio för inte allt för många år sedan.

"Först blir det middag." Stacey tog till orda och började redogöra för programmet. "I morgon tar vi en båttur. Har vi tur så får du se både val och delfin och en skymt av Kennedys egendomar."

Villeneuve var fortfarande spänd på vad de egentligen förväntade sig av honom. Såg de honom som någon slags vägledare? En kyrkans man som kunde översätta deras egna upplevelser till religion? Middagen avslöjade ingenting i den riktningen. De pratade bara om allmänna saker. Mycket tid gick åt till att förklara hur allting funkade på Cape Cod. Vilka som bodde var och historier om varför och hur excentriska personer hade blivit just excentriska. Stacey kunde bekräfta att hon varken tillhörde de excentriska eller de släkter som alltid hade haft sitt tillhåll här ute. Hon erkände utan omsvep att hon var nyrik och hade köpt sig in i gemenskapen. På Villeneuves fråga om hur hon hade lyckats bli rik, hade hon hänvisat till business. Allmän business. Villeneuve utgick från att hon skulle berätta mer när tiden var mogen.

Efter middagen insisterade Maurice på ett parti pool. Han lovade dyrt och heligt att varken fuska eller ändra på reglerna medan de spelade.

"Tro honom inte", sa Wax. "Jag har inte spelat mot honom på åratal. Han har alltid något fuffens för sig."

Maurice var mer öppenhjärtig om sin sysselsättning. Det var business det också. Han redogjorde med stolthet i rösten om hur han hade byggt upp sin kedja av lågprisvaruhus. Först ett litet. Sedan utbyggnad och efterhand filialer i ett flertal stater. Han berättade om sin framgång på ett lågmält och meddelsamt sätt och fick det inte att låta som simpelt skryt från en uppkomling. Han framstod fortfarande som den enkle och självlärde kille som både han själv och omgivningen ansåg att han var. Efter Maurice presentation blev det liksom tyst i rummet för några sekunder. Villeneuve såg åt Wax håll och han hade redan förstått vinken och ryckte resignerat på axlarna.

"Jag är ledsen, Pierre. Jag har inte så mycket att bidra med. Jag gör inget speciellt egentligen. De senaste åren har jag bara hängt med Stacey."

"Det kan vara praktiskt för en affärskvinna att ha någon som hjälper sig", konstaterade Villeneuve diplomatiskt.

"Måste dessvärre göra dig besviken på den punkten också, är jag rädd. Jag gör nog ingen större nytta om jag ska vara helt ärlig. Jag bara finns till, helt enkelt."

Villeneuve höjde på ögonbrynen, men fann sig snabbt och levererade ännu en diplomatisk kommentar.

"Det är inte så illa med någon som stöttar och är kompis heller. Jag kommer ihåg en kille hemma i Montreal som titulerade sig trivseltekniker. Det klingar bra, tycker jag."

"Vem kan motstå en trivseltekniker? Eller en präst som levererar komplimanger. Jag kan bara buga och tacka och ta fasta på det du säger. Jag kanske faktiskt är just en trivseltekniker. Har bara aldrig tänkt på det på det sättet."

Wax såg mer än nöjd ut och log med hela ansiktet. Håret gick honom till axlarna och det var bara en tidsfråga innan han skulle bli tvungen att klippa det för att inte bli klassificerad som gammal och avdankad rock-wannabe. Förmodligen skulle han inte bry sig. Det var likt honom. Det som ändå gjorde att han höll stilen var kläderna. Han klädde sig alltid propert. Även om han gick i jeans och tröja så var det alltid bra märken.

Allteftersom kvällen gick blev samtalet mer och mer trevande. Villeneuve antog att någon snart skulle ta till orda och förklara för honom varför de egentligen hade bjudit in honom. Eller att de åtminstone satte igång med någon slags inträdesprov. Någon ritual för att bli upptagen i deras hemliga sällskap. Till slut var det Villeneuve själv som tog upp tråden. I egenskap av präst var det bara naturligt. Det var ju en viktig del av hans arbete att se vad som var fatt med folk och få dem att öppna upp. Nu var det knappast några försynta församlingsbor han hade framför sig. Snarare ett par framgångsrika och självsäkra typer som förmodligen också hade någon baktanke med att ha honom här. Det var både skrämmande och inspirerande.

"Stacey berättade för mig att ni led av samma åkomma allihop. Alltså att ni kunde skåda in i framtiden på något sätt."

"Ja, det är en åkomma. Det har du absolut rätt i", sa Maurice. "Man vet att den finns där men man kan inte göra så mycket åt det. Det värsta är att om man försöker ignorera visionerna, så kan man ändå aldrig sluta att tänka på hur det kunde ha gått om man hade följt dom, och till slut kan man inte låta bli. Så är det för mig i alla fall. Jag är kanske ändå den som har varit bäst på att hålla mig i skinnet. Håller mig som regel ganska stilla. Hur är det för dig, Pierre? Hur gör du för att hålla huvudet kallt?"

Villeneuve hade i förväg funderat på vilken taktik han skulle köra. Skulle han vara den högtravande prästen eller hålla sig på de andras nivå? Han valde det sistnämnda. I alla fall skulle han göra ett ärligt försök. Problemet var väl att han hade svårt för att ta deras upplevelser på allvar.

"Jag funderar nog inte så mycket. Det har alltid varit ett naturligt inslag, eftersom jag är troende. För mig blir det vägledning helt enkelt. Jag får tips av Gud och försöker följa hans vilja så gott det går."

"Så du köper det bara rakt av?" sa Wax.

"Ja, det känns rätt att göra så."

"Enkelt också. Har du aldrig tänkt på att du skulle kunna låta bli att följa ett speciellt råd som du har fått av Gud och i stället avvakta och se vad som kommer härnäst. Alltså att du får ett helt nytt tips som du inte skulle ha fått om du hade valt att följa det första.

"Det har jag ärligt talat aldrig tänkt på. Det skulle kännas fel att inte följa Guds råd. Nästan oärligt att sitta och vänta och gapa efter mer."

"Okej. Men du ska veta att vi har gjort precis så. Experimenterat en hel del, så att säga. Det är både spännande och givande."

"Och ibland rena katastrofen", flikade Maurice in.

"Är det det ni brukar göra när ni träffas? Diskutera vilka val ni har tagit och vilka ni eventuellt borde ha tagit?"

"Det har hänt. Det kan jag villigt erkänna", sa Wax. "Men mest har vi nog pratat om varför vi har fått vår förmåga. Om likheter och skillnader."

"Eller om den ljusa kvinnan." Det var Stacey som sa det. Hon hade hållit sig tyst ganska länge och mest agerat värdinna. Antagligen kände hon på sig att den ljusa kvinnan var ett hett ämne. Något som kanske skulle få Villeneuve till att sänka garden och vilja diskutera något annat än religion.

"Från början visste vi inte alls vem hon var eller vilken funktion hon fyllde, men nu tror vi att vi vet mer. Vad tror du, Pierre?"

"Jag har inte tänkt på henne så mycket, egentligen. Jag koncentrerar mig bara på budskapet jag får från Gud. Jag är knappt medveten om hennes existens, men nu när ni nämner henne så kommer jag absolut ihåg henne. Fast för mig är hon bara en budbärare. Inget annat."

"Gudarnas budbärare", sa Wax. "Det innebär alltså att du aldrig har pratat med Gud personligen. Det är alltid kvinnan som visar dig vad som ska hända, såvida det inte är hon som är Gud?"

"Det kan man kanske säga. Fast för mig är det inte så viktigt. Det är ett budskap och jag känner inom mig att det är från Gud och det är långt ifrån alltid jag kan förnimma den ljusa kvinnan. Oftast handlar det bara om rena uppenbarelser."

Nu var Villeneuve på fast mark. Han var trygg i sin tro och hade aldrig grubblat på vare sig meningen med livet eller meningen med synerna. Han förstod att det var annorlunda för de andra tre och att det upptog mycket av deras tid. Samtidigt kunde han inte riktigt förstå hur de allesamman kunde se samma kvinna. Kanske fick han acceptera att också folk som inte var troende kunde få kontakt med Gud.

"Men vad är det ni har listat ut om den ljusa kvinnan?"

"Vi har sett henne", sa Wax. "I verkligheten alltså. Träffat henne."

"Kanske någon som liknade henne", försökte Villeneuve.

"Nej, du vet nog lika bra som vi att det knappast finns någon som liknar henne. Jag har aldrig sett någon som har liknat henne någonsin, och det här var en helt speciell upplevelse. Det var verkligen hon."

Villeneuve var fortfarande skeptisk, men kunde inte komma på några fler invändningar. Det hade han hur som helst ingen anledning till heller.

"Men varför berättar ni det här för mig? Jag har knappast något att bidra med. Om det nu skulle vara så att hon finns i verkligheten. Livs levande av kött och blod, så vet ju ni betydligt mer än mig."

"Bara var lugn Pierre", sa Wax. "Vi har inga baktankar. Annat än att vi vill dela våra upplevelser med dig. Du är ju en av oss när allt kommer omkring. Vi har ju samma typ av syner, även om du ser dom som religion."

"Och du får gärna fortsätta tro att det har med religion att göra. Vi är inte ute efter att ta den föreställningen ur dig", fyllde Stacey i.

"Men skulle det inte kunna vara så att den ljusa kvinnan är en ängel, eller nåt", undrade Maurice. "Jag är inte speciellt religiöst lagd, men jag bara spekulerar. Kan inte en ängel uppenbara sig och ta fysisk form?"

Villeneuve blev allt mer konfunderad över utvecklingen, men anade samtidigt en äkta nyfikenhet i gruppen han hade omkring sig. De kanske behövde honom som ett slags bollplank för att kunna komma vidare i sina grubblerier.

"En ängel skulle absolut kunna ta fysisk form. I alla fall kunna uppenbara sig som något som ögat skulle tolka som fysisk form, men innan man drar en sådan slutsats skulle jag nog satsa på mer jordnära alternativ. Varför tror ni egentligen att den kvinnan ni såg var samma kvinna som i visionerna och inte bara en vanlig kvinna med ett väldigt ovanligt utseende?"

"Det var hon. Hon talade till och med med oss. I alla fall med mig och Stacey. Maurice var inte med. Hon kom för att hon var tvungen. Men vi tror att det finns ett sätt att få henne att komma."

*

Där avslutade Villeneuve abrupt sin berättelse, samtidigt som han måste ha varit medveten om att det blev till en klassisk cliff-hanger. Vem var den ljusa och hur hade det gått till när de träffade henne? Jag var själv medveten om den ljusas existens och antog att hon spelade en fram-trädande roll.

"Det var här det hela började spåra ur. Det visade sig att Wax hade varit nära döden till följd av en överdos. Han mådde så dåligt under en period att han hade försökt begå självmord. Det var då den ljushåriga hade uppenbarat sig. Nu var planen att åter en gång försätta en av gruppens medlemmar i en nära döden-upplevelse och på så sätt få fram mer information. För mig kändes det komplett galet, och framför allt oetiskt. Det var inte den slags gemenskap jag hade förväntat mig då Stacey kontaktade mig den där dagen på pastorsexpeditionen i Colorado Springs. Jag deltog i ett par sammankomster till, men när det började dra ihop sig tackade jag för mig och undvek all vidare kontakt med gruppen. Jag träffade Maurice ett par gånger till och det var också då jag blev klar över hur allt hängde ihop när det gällde Stacey och Wax."

"Maurice? Var det då han lämnade gruppen?"

"Visst. Han var dum nog att låta sig övertalas till att bli försökskanin."

"Menar du att dom försökte döda honom?"

"Ja, på sätt och vis. Dom försatte honom i en slags trance som mycket väl hade kunnat leda till döden. Dom visste ungefär hur dom skulle väcka upp honom i tid, men det var väldigt riskabelt."

"Men Maurice överlevde?"

"Ja."

"Och den ljushåriga?"

"Maurice mindes ingenting. Det var i alla fall vad han själv alltid hävdade. Dom andra däremot hade sett henne för ett kort ögonblick utan att ha fått fram någon som helst användbar information. Efter en knapp minut hade Maurice vaknat upp och varit allmänt omtöcknad."

"Så Maurice var i praktiken död, eller på god väg att dö när den ljushåriga kom för att rädda honom?"

"Det är en möjlig tolkning. Jag är osäker. Maurice blev aldrig sig själv igen och vi sågs egentligen bara vid ett tillfälle till efter den händelsen. Han besökte mig här i Denver och berättade att de andra hade varit på honom ända sedan dess."

"Vad ville dom då?"

"Enligt Maurice menade Stacey och Wax att han hade pratat i sömnen strax efter att den ljushåriga hade varit där. Han hade sagt saker som tydde på att han fick reda på hemligheten om vår förmåga."

"Hade han fått det?"

"Ingen aning, men enligt Maurice började både Stacey och Wax att ansätta honom och ville inte lämna honom i fred. Det var därför det gick som det gick med honom."

"Till mig sa han att han var trött på affärslivet och att synerna inte fungerade som förr."

"Det är möjligt, men det var i den här vevan som han gav upp och fick problem med jobb och familj."

"Varför var Stacey och Wax så intresserade av att få veta vad Maurice eventuellt visste?"

"Det har med deras personligheter att göra. Maurice berättade hela historien för mig. På ytan var Stacey en modern och chic affärskvinna. I verkligheten använde hon sin förmåga till att tillskansa sig politisk makt och hon tänkte göra allt för att nå hela vägen fram."

"Att bli president?"

"Något i den stilen."

"Och Wax?"

"Han var inte på långa vägar så sorglös och sysslolös som han villa göra gällande. Han gick bara och väntade på att två av familjerna i New York skulle börja kriga. Något som han så klart hade förutsett att dom skulle göra. Så fort han fick chansen gick han in med sitt eget folk och tog över verksamheten."

"Jösses. Visste Maurice om det allt det från början?"

"I stort sett, men han var på sätt och vis av samma skrot och korn. Gjorde allt för att lyckas i näringslivet. Han vaknade inte upp förrän Stacey och Wax satte efter honom. Det var först då han insåg att det trots allt fanns en avgörande skillnad mellan honom och dom och att det här med att lyckas i livet inte betydde allt."

"Så vad gjorde Stacey och Wax mot Maurice?"

"Det gamla vanliga. Halvt om halvt avancerad tortyr ända tills de insåg att han inget visste, eller om någon av dem fick ett stick av dåligt samvete, vad vet jag."

"Jag vill i alla fall ta chansen att hälsa på Stacey och Wax. Jag tror jag ska klara mig fint. Jag vet ju inget jag heller."

"Det var väl det jag trodde, att allt jag berättade ändå inte skulle få dig att avstå. Jag kan bara önska dig lycka till."

*

Jag lämnade Villeneuve med känslan av att han var en reko kille som hade använt sin förmåga klokt. Han försökte göra karriär precis som de andra, men verkade ändå ha båda fötterna på jorden. Han hade något motvilligt gett ifrån sig kontaktuppgifterna till Stacey. Om Wax visste han inget mer än att han fortfarande tillhörde det absoluta toppskiktet av maffian på östkusten.

Medan jag väntade på att kliva ombord på flygplanet, hade jag gott om tid att summera upp mina iakttagelser. Såvitt jag visste var vi sex personer som hade samma förmåga. Jag, Maurice, Wax, Stacey, Villeneuve och Mrs X. Jag utgick från att Mrs X, precis som vi andra, också var född den 4:e april 1968. Maurice hade klassificerat sin talang som medfödd, så tillvida att han hade fötts ett oändligt antal gånger och levt om samma liv i samma tid, hur det nu var möjligt. Han menade att enda möjligheten att känna till någonting i förväg var att man själv hade upplevt exakt samma situation tidigare. Villeneuve lutade sig fortfarande mot Gud och religionen som förklaring till synerna. Själv ansåg jag fortfarande att klärvoajans var den mest troliga förklaringen. Det enda som störde den bilden var vårt födelsedatum. Hur kunde sex klärvoajanta personer vara födda på exakt samma dag? Jag insåg att det var en ganska tunn spiksoppa jag försökte röra runt i. Det var allt annat än enkelt att få grepp om vad som var i görningen. Den ljushåriga kvinnan var ytterligare ett dilemma. Alla hade sett henne då och då, men vem var hon? En vägledare? Jag hade naturligtvis plöjt igenom all möjlig slags natur i min jakt på gåtans lösning utan att ha fått någon hållbar ledtråd. I Anderna hade det hittats grottmålningar föreställande en långsmal kvinna med gloria. Några satte målningarna i samband med de gåtfulla mönstren på Nazca-slätten och ville ha det till att porträttet föreställde en utomjording. Det var också en möjlighet, även om jag betvivlade det.

Jag bestämde träff med Stacey på hennes kontor i Washington. Jag spelade inte med öppna kort den här gången heller utan utgav mig för att vara lobbyist med tilltalande prospekt. Sådant kunde väl ingen i Washington motstå. Stacey var senator för Colorado och mötte mig med ett förtroendeingivande politikerleende.

"Välkommen. Jag övervägde ett tag att inte släppa in dig över huvud taget, men såg att alternativet verkade mycket intressantare. Du ser inte direkt ut som en lobbyist heller i den där gamla rocken."

"Man gör så gott man kan."

"Precis. Så vad är det du är ute efter exakt, mer än att du uppenbarligen är en av oss som har speciella förmågor. Mer än så kunde jag inte förutse."

"Jag skulle inte gå så långt som att säga att jag är en av er, men jag har min förmåga, så långt är det rätt."

"Så, vad använder du din förmåga till då?"

"Inget speciellt."

"Inget speciellt? Det finns det en hel del som säger, men det innebär alltid att dom döljer något. Ingen av oss med den här förmågan sitter still utan att göra något av den, så mig lurar du inte."

"Det kan du ha rätt i. Jag var en i besättningen på Columbia ända tills jag började pladdra om att den skulle crasha. Då bytte dom ut mig. Sedan dess har jag mest tagit det lugnt. Nu för tiden är jag egentligen mest intresserad av att ta reda på mer om oss som har fötts med förmågan."

"Okej, vad kan jag göra för dig då?"

"Bara berätta vad du vet. Om du har kommit på något avgörande."

"Tyvärr inte. Annars hade jag väl inte suttit som enkel senator vid 52 års ålder. Vad har du kommit på själv?"

"Ingenting speciellt."

"Ingenting alls?"

"Nej, är det nu du ska börja tortera mig?"

"Det där var fräckt, jäkligt fräckt. Har du pratat med Maurice?"

"Han är död nu, men han ville aldrig nämna er vid namn."

"Jag medger att vi gick för långt med stackars Maurice. Han var av en känslig natur och skulle jämt övertolka allt man gjorde och sa. Jag lärde mig en läxa och det var också sista gången jag hade med Wax att göra. Vi gick skilda vägar när han blev maffiaboss. Hans metoder passade inte mig, när allt kom omkring. Då förblir jag hellre en enkel senator från landet."

”Så du rekommenderar inte att jag söker upp honom?”

”Det kan du inte, eftersom han är död. Men det finns en intressant sak som hans död förde med sig. Eftersom han inte hade några nära anhöriga, föll det sig så att jag tog hand om hans aska. Jag spridde den i en gravlund, men innan dess förvarade jag den hemma i huset en tid. Givetvis lyckade jag spilla ut en del av askan på mattan när jag skulle öppna locket och ta mig en titt. Min första intention var att hämta dammsugaren, men då fick jag en vision som av någon anledning gick ut på att låta analysera de utspridda partiklarna. Jag sopade upp dom så gott jag kunde och lät ett lab se på askan i ett mikroskop.”

”Och?”

”Vi fann en liten partikel som inte alls var aska utan ett slags mikro-chip som hade övelevt krematoriets lågor.”

”Vad är det för chip?”

”Inte vet jag, men det skulle inte förvåna mig om det är det som har gett oss vår förmåga. Att någon har planterat in ett chip i hjärnan på oss och som ger oss möjlighet att se in i framtiden.”

”Eller att det bara är någon slags övervakningsenhet?”

”Mest troligt både och. Jag ska ge dig chipet, så slipper du gå tomhänt härifrån, nu när du åkte hela vägen hit. Och kom sen inte och säg att jag inte är en hygglig person.”

”Tack. Men den ljushåriga. Vad var det hon sa till er egentligen?”

”Inte mycket av värde, dessvärre. När jag satt tillsammans med Wax efter hans självmordsförsök såg vi henne bägge under ett par futtiga sekunder.”

”Vad sa hon då?”

”Ingenting. Det var mer som att hon tänkte för sig själv, telepatiskt. Förmodligen var det inte meningen att vi skulle uppfatta det.”

”Vad var det ni tyckte att ni hörde då?”

”Inget förståeligt egentligen. Kontraktsbrott, poängavdrag, semester. Som om hon irriterade sig på oss, utan att få fram de rätta orden.”

*

Jag la ner åtskilliga tusen dollar på att låta diverse specialister screena min hjärna på jakt efter chipet. De fann ingenting av värde och betraktade mig säkerligen som en i mängden av paranoida hypokondriker. Ett tekniskt laboratorium kunde berätta för mig att analysen av Wax gamla chip hade visat att det var en komposit av kol, titan och ett tredje för dem okänt ämne. På frågan om det inte vore intressant att gå vidare och göra fler analyser för att få veta mer om det okända ämnet, blev svaret bara att det inte fanns intresse eftersom det knappast var fråga om något nytt grundämne, hur de nu kunde veta det. Det var inte förrän flera år senare, på hösten 2029 som hjärnscreeningen gav resultat. Den splitter nya maskinen kunde tydligt visa på en anomali strax under vänstra hjärnloben. Antingen var det fråga om ett misstag från maskinens sida, eller så satt det verkligen någonting där, vad det nu kunde vara.

Det var nog bevis för mig. Det kändes som att jag äntligen kom ett stort steg närmare gåtans lösning. Det var uppenbart att någon högre stående civilisation hade planterat in chipen i våra hjärnor för att hjälpa oss på traven.

I mitten av trettiotalet fick jag möjlighet att återse Mrs X. Hon visste mycket väl att jag och hon hade mycket gemensamt och hon hade tydligen lagt mitt namn på minnet den där gången för många år sedan då vi träffades på hennes kurscenter. Det var inte så att hon plötsligt tyckte synd om mig och ville erbjuda mig en gratis session. På äldre dar hade Mrs X tröttnat på den glamourösa tillvaron som medium. Hon ville känna på det äkta livet och komma närmare Gud.

"Menar du att du har gått och blivit religiös?"

"Du kan kalla det vad du vill. Jag blev efter hand medveten om den ljusa kvinnans verkliga identitet."

Det var självklart ett tema som intresserade mig. Jag var själv inte helt på det klara med vad som var hennes funktion, men uppenbarligen hade Mrs X fått fram intressant information.

"Den ljusa kvinnan är Gud. Jag är speciellt utvald att förkunna hennes ord till människorna."

"Så du menar att du har sadlat om och blivit missionär på gamla dar? Eller profet? Varför tror du att den ljusa är Gud?"

"Du har också gåvan, och jag tror att du känner det inom dig, att Gud har valt ut dig."

"Men varför tror du att hon är Gud?"

"Hon vägleder mig i livet och hjälper mig att lära känna mina goda sidor."

Mrs X talade fortfarande i gåtor. Religiös eller inte. Jag ville inte gå så långt som att säga att den ljushåriga var Gud fader själv, men det kunde mycket väl stämma att hon hade en slags ledande funktion.

"Hon talade till mig och förkunnade att hon bara skulle hjälpa mig med en smärre justering i mitt liv."

Mrs X sista uttalande gav mig i alla fall stöd för min huvudteori. Efter mötet med Mrs X hade jag inte så mycket mer att gå på än att försöka följa med i mediaströmmen och informationsflödet. När den stenrike och notoriske affärsmannen Wayland Weimering låg för döden hade han bekänt att han inte alls borde betraktas som ett affärsgeni, utan att han helt enkelt hade begåvats med en stor portion tur. Alla hans tidigare uttalanden och läroböcker var att betrakta som humbug. Han hade egentligen aldrig formulerat någon intelligent strategi över huvud taget, utan hade hela tiden känt på sig vad som var rätt och riktigt att företa sig. När någon undrade om det ändå inte var det som kallades att ha sinne för affärer, ville Weimering fortfarande inte hålla med. För mig var det enkelt att förstå vad det var han försökte säga, eftersom hans födelsedatum var den 4:e april 1968.

Det hade egentligen under lång tid stått klart för mig vad som var orsaken till min och de andras förmåga att se in i framtiden. Weimerings död och Mrs X nyreligiositet var bara ännu ett par detaljer som stödde min teori. Jag utgick från att representanter för en högtstående civilisation hade valt ut ett antal nyfödda barn som fick ett chip inopererat i sina hjärnor. Chipet fungerade långt ifrån perfekt på ett barns outvecklade hjärna. Det var därför jag inte hade full kontroll över Morbror Owens baseballresultat. Men efter ett par års inkörning, gav chipet som regel en vägledande syn i händelse av att personen var tvungen att fatta något viktigt beslut där det fanns flera valbara alternativ. Den ljushåriga kvinnan var varken ängel, Gud eller vägledare, utan helt enkelt den personen som var ansvarig för alla oss som hade fått chipet inplanterat. Hon kontrollerade våra förehavande och hade också möjlighet att gå in i synerna för att justera något eller pusha oss i en viss riktning. Det var därför vi såg henne emellanåt. Det kunde i och för sig uppfattas som vägledning, även om jag mer var av den uppfattningen att det bara var någon teknisk syssla som ingick i hennes befattning. När Wax och Maurice hade försökt begå självmord hade hon steppat in och förhindrat det. Förmodligen arbetade hon som en slags forskningsledare som antecknade allt vi företog oss och drog slutsatser av det. Självmord ingick inte i planen. Sannolikt hade den högtstående civilisationen ambitioner om att ge vår outvecklade ras möjlighet att förkovra oss och försöka skapa ett bättre liv för oss själva. Dessvärre gick det som det brukar gå när man ger oss människor chansen till ett bättre liv. Vi trampar i klaveret och på oss själva och fokuserar på pengar och framgång i stället för på inre och högre värden. De ligger förmodligen i människans natur att bedriva rovdrift och ta destruktiva val. Även om en man som Villeneuve inte medvetet skadade någon annan och till och med lyckades leva i linje med sina ambitioner, måste kontakten med jordens människor ha varit en stor besvikelse för den högtstående civilisationen. Varifrån den nu än må komma. Från rymden, en annan dimension, eller kanske till och med från någon okänd och obskyr plats här på jorden. Vad visste jag?

År 2040 valdes Stacey till vice-president för det nybildade Sektionspartiet som lyckades besegra både Demokrater och Republikaner. Ett år senare dog hon utan att ha kunnat infria sin egentliga målsättning. Ett par år senare avled Villeneuve efter något års tjänstgöring som kardinal i Rom. Det var hugget som stucket vem av dem som kunde sägas ha varit mest framgångsrika inom respektive gebit, även om vicepresidentposten självfallet gav betydligt större eko i media. Mrs X höll ut ända till ett par dagar efter hennes och min 80-årsdag. Sannolikt var jag den siste av 68-generationen som kastade in handduken. Efter ett lättare slaganfall drabbades jag till slut av lunginflammation och somnade in i stillhet, 89 år gammal.

*

Så fort jag förstod att jag var död såg jag den ljusa kvinnan igen. Hon stod och vakade över mig. Det kändes avslappnat och gudomligt på något sätt. Jag var omhändertagen och befann mig i en trygg hamn.

"Överför!"

Det var den ljusa som talade. Jag kände hur mitt medvetande kom in i en främmande kropp men jag förstod inte riktigt vad som var meningen med det hela. Jag kände mig allmänt omtöcknad, men så småningom började minnena återvända och det kändes plötsligt inte lika tryggt och ombonat längre.

"Det var den siste av dom tolv som kom tillbaka. Den tog verkligen god tid på sig. Det har varit så himla mycket att göra den här omgången. Ska bli skönt med semester."

Jag förstod så sakteliga vad som var i görningen, men ville inte inse att det verkligen var sant. Jag hade uppenbarligen tillbringat längst tid av alla på det stället som kallades Jorden och nu låg jag här på en uppvakningsbrits och insåg ungefär hur illa det hade gått.

"Bo7. Du har 30 minuter på dig, sedan måste du gå in. Alla väntar på dig", sa den ljushåriga.

Jag såg på mina armar. De var tunna och ljushyllta. Jag såg på min övriga kropp som verkade bära androgyna eller svagt feminina drag. Då drog jag mig till minnes att det var just så jag alltid hade sett ut. Det var så vi såg ut allihop. Den ljushåriga, som jag trodde hade varit en speciell person, var i verkligheten flera olika individer. Nere på jorden kunde jag inte märka skillnaden. Hennes, eller rättare sagt deras uppgift, var att kalibrera chipet och ersätta det när det kom uppdateringar.

Jag reste mig på ostadiga ben och gick in i en upplyst och blixtrande lokal. Larmet från den jublande publiken var öronbedövande, men jag visste inom mig att jag knappast var föreställningens stjärna. Det var bara så att jag hade råkat vara den som kom sist tillbaka. Nu kunde showen dra igång på allvar.

"B07. Sist tillbaka och alla väntar spänt på hur juryn ska bedöma B07s insatser på Jorden. Vi har tidigare sett att publiken har trott på höga poäng för B04 och B06, men att 07 ska ha någonting med slutstriden att göra är väl knappast troligt."

Jag såg mig oroligt omkring och mindes alltsamman. Det var egentligen bara tre månader sedan jag hade anmält mig till dokusåpan "Ett nytt liv". Det gick ut på att tolv personer fick sitt medvetande transporterat in i en nyfödd människokropp på en vilt främmande planet. De tre månaderna motsvarade i stort sett ett medellångt jordeliv. Den som gjorde bäst ifrån sig på jorden gick också segrande ur programmet och vann både fördelar och reda pengar. För att ge programmet extra krydda fick del-tagarna ett chip inopererat som skulle ge oss klärvoajanta fördelar, det vill säga möjlighet att förutse händelser innanför ramen av alla eventualiteters sannolikhet. I praktiken skulle det vara möjligt att något så när noggrant förutse en händelse som inträffade i en relativt nära framtid. Deltagarna var så klart inte medvetna om förut-

sättningarna, utan levde sina liv som vanliga jorde-
människor. Meningen var dock att våra personliga egen-
skaper, som var desamma på jorden som hemma, skulle
slå igenom och fälla ett avgörande. Alla deltagarna kände
också ett underliggande behov av att hävda sig och
komma framåt, eller tävlingsinstinkt om man så vill. Jag
insåg nu att mitt fåfänga sökande efter sanningen tedde
sig meningslös i sammanhanget och att juryn skulle se mig
som ett totalt hopplöst fall.

"Bo7, du var sist in. Hur känns det? Vilken strategi hade
du?"

"Tja, ingen speciell. Hoppades bara att min karriär inom
NASA skulle utvecklas till något riktigt bra."

"Och vad hände?"

"Det gick egentligen ganska bra till att börja med."

"Just precis, både vi och tittarna kommer ihåg vad som
hände, inte sant? Du räddade ditt skinn genom att bli
utkastad från rymdfärjan som kraschade, men sedan fick
du inte så mycket mer gjort."

"Ja, men jag tycker ändå att...."

"Vi får se vad juryn har att säga om det, men det blir nog
inte tal om någon framskjuten placering. Vi går vidare i
programmet med snabbpresentation av alla tolv del-
tagarnas insatser nu när vi äntligen är klara för den stora
finalen, och kom i håg att publikens röster har samma vikt
som juryns."

Det kändes brutalt att vakna upp på det här sättet och få
alltsamman kastat på sig rakt i ansiktet utan någon som
helst förberedelse, men jag antar att de har rätt att göra
så. Det stod väl i kontraktet. Jag skrev glatt på och tänkte
att detta kunde bli min stora chans att komma på fötter

igen. Jag låg risigt till med alla mina spelskulder. Nu vet jag inte hur det ska gå. En elfte- eller tolfteplats ger inte många sekiner. Det som strör än mer salt i såren är att vi som var med i tävlingen kommer ihåg det mesta från våra jordeliv. Tänk att jag gick där och fantiserade om en överlägsen civilisation med högt utvecklade värderingar, moral och etik, när det egentligen var min egen dekadenta omgivning jag talade om. Inte nog med att de hade planterat in ett chip som hjälpte oss att kalkylera sanno-likheter. Chipet fungerade också som kamera och gav TV-bolaget rätt att visa sina tittare allt det som vi upplevde med våra egna ögon. Som tur var fanns det ett otal olika shower i olika kanaler och så småningom skulle förhop-pningsvis folk i allmänhet glömma bort alltsamman och fokusera på nästa säsong eller någon annan typ av underhållning.

"B11, du lurade oss med din slappa attityd. Ett tag trodde så många som 64% av tittarna att du helt enkelt körde parasitstilen och hade som målsättning att haka på B01 och helt fräckt försöka tillskansa dig hennes framgångar, men sedan blev du alltså tidernas störste maffiaboss. Synd bara att du dog så pass ung. Det blir automatiskt poängavdrag, men jag sätter en slant på att du ligger bra till hos juryn."

"Kan räcka till en bra placering, men jag håller nog ändå en knapp på mina kompisar nere på Jorden. B01, Stacey och B10, prästen. Dom tog sig verkligen långt upp i hierarkien."

"Det var strongt, men antagligen för tråkigt för vår ganska så uppspelta jury. Den som de flesta tror på som slutsegrare är fortfarande B06, som genom en lysande karriär inom nöjesindustrin och diverse saftiga skandaler har underhållit publiken vecka efter vecka, eller vad säger du XQX878?"

"Precis vad jag hade tänkt påpeka. Bo6 är den absolut största favoriten till slutsegern, kanske tillsammans med Bo8 som tjänade grova pengar som medium, men jag vill också varna för Bo4 som knep en välförtjänt guvernörspost. Bo1 gick som sagt också in i politiken, men i år såg vi inga tendenser till statskupp eller diktatoriska ambitioner."

"Nej, eftersom alla deltagarna blev placerade i ett land som saknar traditioner för den sortens aktiviteter är det utomordentligt svårt att åstadkomma något sådant. Vi får se var någonstans vi hamnar i nästa års tävling."

"Två deltagare kollapsade och försökte sig på självmord, vad ska vi säga om det?"

"Tja, B11 repade sig alldeles utmärkt och Bo2, han försökte ju egentligen sig lura systemet. I vilket fall som helst innebär självmordsförsök alltid återupplivning."

"Och poängavdrag."

"Och poängavdrag! Vi kommer tillbaka med den spännande upplösningen inom kort."

Jag drog mig försiktigt bort mot restaurangavdelningen. Jag räknade inte med att jag skulle behöva ställa upp i bild speciellt mycket mer, såvida dom inte ville göra någon grej på dem som la beslag på jumboplatserna. Det tänkte jag i så fall ignorera, oavsett vad som stod i kontraktet. Det var länge sedan jag hade fått mig något ordentligt till livs. Min riktiga kropp hade legat på kylning i flera månader och behövde påfyllning. Jag saknade jordmaten lite grand faktiskt. Kanske att jag skulle anmäla mig till nästa säsong ändå. Jag har säkert inget bättre för mig.